Tales of Creation

Lynne Guitar, Ph.D.

Illustrations, Nathalie ("Tali") Saxton de Pérez

Titles in the Taíno Ni Rahú Series:

Website: lynneguitar.weebly.com
lynneguitar@yahoo.com

ISBN-13:978-1976503719
ISBN-10:197650371X

DEDICATION

These books are dedicated to my daughter, Eileen Julian, and my grandsons Krishna, Jagan, and Darshan Nautiyal, whose voracious appetites for good books motivated me to write them, as well as to my daughter Leidy Medina de Batista, my dear friend Jorge Estévez, and all the other descendants of the Taíno people, so you can be even more proud of your ancestors and of yourselves—for you are the flesh and spirit of the living Taíno people.

"…imagined, but not invented."
Joyce Carol Oats

—AUTHOR'S FOREWORD—

I first visited the Dominican Republic in 1984, which is when I fell in love with the history and culture of the Taíno Indians (pronounced "tie-ée-no"). When we say "Taíno" today, however, it is important to know that we are really talking about at least six different Indigenous tribes and one nation of people, each with its own language and customs, who lived on the islands of the Greater Antilles in 1492, when Christopher Columbus claimed them for Spain. The most advanced group in terms of agriculture, commercial trade, art, religion, and political organization were the people of the Taíno Nation, who called out "Nitaíno! Nitaíno!" to the Spanish ships, a word that means something like "family" or "relatives" in their language, not "noble or good people," as historians have long believed. The Spaniards reduced it to "Taíno" and used it for all of the Indigenous peoples of the Caribbean except those whom the Taíno called Karibs (meaning "the Fierce People"), who settled the islands of the Lesser Antilles. Karibs call themselves Kalinago.

For five centuries it was believed that the Taíno were totally wiped out by around 1550, but new research has proven that was a myth. In 1492, there were most likely 4 million or more Indigenous people on the island of Hispaniola alone, not 200,000 like the Spanish chroniclers wrote. (Hispaniola is the island that is shared today by the Dominican Republic and the Republic of Haiti, and is called Santo Domingo by most Dominicans.) Today we know that approximately 10% to 20% of the Indigenous peoples of the Greater Antilles survived the Spanish Conquest, merging their genes and their cultures with those of Europeans, Africans, and other Native

5

peoples to become modern-day Dominicans, Haitians, Cubans, Puerto Ricans, and Jamaicans.

These stories about Kayabó, Anani, and their family are works of fiction, but are based on the actual daily lives, values, and beliefs of the Taíno people, according to the latest research. There is still so much to learn about them! I hope that some of you readers are encouraged to continue the research.

—*Taíno ti* (May the Great Spirit be with you)
Lynne Guitar (Ph.D. in Latin American History & Cultural Anthropology, Vanderbilt University, U.S.A.)

Brief Autobiography: I lived as a permanent resident, teacher, historical-cultural guide, writer, administrator of study abroad programs for CIEE (Council on International Educational Exchange), and independent researcher in the Dominican Republic from 1997 through January 2016. The Ni Rahú Cave is in La Piedra, just northeast of Santo Domingo, the Capital. Retired, I now reside in the U.S.A. again, where I hope to write and publish all the historical-fiction books I never had time for while working.

Linguistic Notes: 1) Specialists in Puerto Rico and the U.S.A., among other places, are attempting to reconstruct the Taíno language. They have requested that we use the letter "k" to represent the hard sound of the letter "c" when writing words such as "kacike," "yuka" and "konuko," instead of a "c" like the Spaniards use, to ensure that the pronunciation is correct. 2) When referring to the Taíno Nation or Taíno People as a whole, "the Taíno," without the final "s," is correct. "Taínos," with an "s," refers to particular groups of individuals. I have followed these practices in my books.

Historical Background & Characters, Tales of Creation

The two main characters in the series are Kayabó and Anani, a Taíno (pronounced "tie-ée-no") brother and sister. Kayabó is 14 and Anani almost 13, since this part of the story takes place in January of 1491. They live in Kaleta (Kah-láy-tah), a fishing village on the Caribbean Coast, just east of today's Santo Domingo. This book principally provides the opportunity to talk about Anani's responsibilities as a *behika* (shaman/healer) and to have her tell several of the Taíno creation stories. As for Kayabó, it has been three months since the hurricane that destroyed both Kaleta and Xaraguá (Hahr-ah-gwuá). He has just returned from a brief trip to Xaraguá to see his wife, Yajima, who is pregnant, as is Okotuma, Majagua's wife. Kayabó talks about how amazed he is at seeing how fast both residential regions were rebuilt and the speed with which the trees and plants are growing back…. Note that I lived in Santo Domingo when Hurricane Georges hit in 1998. I was surprised at how fast the damages were cleared and homes rebuilt because everyone pitched in to help, and at the speed with which the greenery grew back.

Kayabó (kah-yah-bóh)—His name means "where there is abundance" in Taíno.
Anani (ah-náh-knee)—Her name means "water flower" in Taíno.

Their four (4) mothers:
Bánika (báh-knee-kah) is the family´s ceramic specialist; **Kamagüeya** (kah-ma-gwáy-yah) is Kayabó´s birth mother; **Naneke** (nah-náy-kay) is Anani´s birth mother; and **Warishe** (whar-eé-shay), the youngest of their mothers.

Their three (3) fathers:
Bamo (báh-moe), who led the trading trip to the Land of the Maya; **Hayatí** (high-ah-tée); and **Marakay** (marr-ah-kígh).

Akobo (ah-kóh-boh)—An old fisherman and sea trader from Kaleta who is like a member of the family.
Anakaona (ah-nah-kah-óh-nah)—One of Kacike Bohechío´s sisters, Anakaona is only 15 years old (one year older than Kayabó) when Kayabó and Anani first came to Xaraguá. They become lifelong friends. She marries Kaonabó, the Kacike of

Maguana, which was the second largest and most culturally advanced of the residential/political regions on the island after Xaraguá. When Spaniards arrive and both her husband and her brother die, she becomes the *kacika* (female chief) of both *kazcikazgos* (chiefdoms). Known as "The Poetess," today she is the best known and most beloved of all the Taíno women who ever lived.

Anaó (ah-nah-óh)—The female twin born to Jakuba; she will be friends with Kayabó´s children in future.

Atabeyra (ah-tah-báy-rah)—She is the divine mother of the most supreme of the Taíno spirit guides, Yucahú Bagua Maorokoti, who rules over both *yuka* and the sea. Atabeyra rules over the moon, fresh water, and fertility. She is Anani´s principal spirit guide.

Bayamanako (buy-yah-mah-náh-koe)—The old man in a Taíno myth of creation wherein a female turtle grows out of Deminán Karakarakol´s back and bears both his and his brothers´ children.

Birán (bee-ráhn)—Anani´s faithful *aón* (dog), she named him for Opiyelguabirán, the half-man/half-dog guardian of the entry to Koaibey, the Taíno heaven or afterworld.

Deminán (day-mi-náhn)—The male twin born to Jakuba, who will be friends with Kayabó´s children in future.

Deminán Karakarakol (day-mi-náhn kar-ah-kar-ah-cóal)—The firstborn of Itaba Kaubaba´s four twins (quintuplets), he is featured in many of the Taíno creation stories.

Guabancex (gwah-bahn-séx)—She is the spirit of the *hurakán* and has two male helpers, Guatauba, who gathers up the lightening rays (he is known as The Messenger) and Koatrizkie, who gathers up the waters (his symbol is the pelican). Guabancex is said to live in the land of Aumatex, who is the Kacike of the Wind.

Guabos (gwáh-bohz)—The *kacike* (chief) of Kaleta.

Guahayona (gwa-ah-jóe-nah)—Many Taíno stories of creation feature Guahayona, who is considered to be the first *behike* (shaman/healer).

Itaba Kaubaba (ee-táh-bah bah-ou-báh-bah)—In Taíno creation stories, Itaba Kaubaba died giving birth to "four twins" (quintuplets), who were cut out of her stomach. Only the firstborn had a name, Deminán Karakarakol. When they were older, the four brothers appear in creation stories about how the sea was born and how their children populated the world.

Jakuba (hah-kuú-bah)—She is one of Akobo´s granddaughters who needs Anani´s help to give birth to the twins Deminán and Anaó, who will be friends with Kayabó´s children in the future.

Kagua (káh-gwah)—He and Umatex apprenticed under Arokael and now assist Anani.

Makuya (mah-kuú-jah)—He is the elderly *behike* (chamán/curandero) of Xaraguá who is a caring teacher and like a grandfather to Anani.

Okotuma (oh-koe-toó-mah)—One of Yajima´s older sisters; Majagua fell in love and marries her.

Sikea (see-káy-ah)—Another granddaughter of Akobo, she helps her sister Jakuba with the twins by nursing newborn Deminán along with her own infant son.

Umatex (uú-mah-tex)—He and Kagua apprenticed under Arokael and now assist Anani.

Yaya (jáh-jah)—He and his wife (unnamed) appear in the Taíno creation story of how the sea was born.

Yayael (jah-jah-él)—He is the son of Yaya, and it is his bones that turn into the vast quantity of fish and water that create the sea.

Yukahú Bagua Maorokote (yo-kah-hú báh-gwah mah-row-oh-kóe-te)—The highest of the Taíno spirit guides, he presides over *yuka* and the sea, both of which are their principal food sources. His mother is Atabeyra (he had no father), who presides over the moon, fresh water, and fertility.

Tales of Creation

Lynne Guitar, Ph.D.

Anani and her two apprentices, Kagua and Umatex, were sitting on mats in the shade outside her *bohío* (home), her faithful *aón* (dog) Birán at her side. They were grinding medicinal herbs, while she was carving an intricate open-faced bowl out of a large piece of *guayakán*, a beautiful dark wood that could be polished to a high gloss, but which is very difficult to carve because it is such an extremely hard wood. Her friend Anakaona from Xaraguá had taught her the secrets of carving with it, and Makuya, the *behike* (shaman/healer) of Xaraguá, had taught her about *guayakán's* nearly magical medicinal properties for curing sore throats, coughs, arthritis pain, warts, and rashes.

"*Taigüey* (good day), Anani!" called Naneke softly, one of her four mothers, sitting down beside her and touching foreheads with her daughter, who had been the *behika* (female shaman/healer) of Kaleta since the death of her grandfather two years ago. "One of the young women of Akobo's family needs help," she continued. "She has been in labor

13

for two days, but the baby refuses to be born. The family fears that if this goes on much longer, neither she nor the baby will live."

Gathering up her medicine bag, Anani accompanied Naneke to the *bohío* of the troubled young woman, who was lying in her *hamaka* (hammock) looking very, very pale. Anani gently touched her protruding belly, which was hot and sweaty, with the skin stretched so tightly that Anani could feel where the baby's head was—but it was not facing downward as it should be. Its bottom was downward, with its head upward, and there seemed to be something else above it, but she didn't know what that was. Concentrating on the baby's head, she felt downward again, confirming that the baby was trying to come out rear end first.

"What is your name?" Anani softly asked the mother.

"Jakuba," the woman whispered weakly.

"Do you know who I am?" asked Anani.

"You are the *behika*," Jakuba whispered.

"*Jan-jan* (yes), and I am here to help you, Jakuba. Relax, and do not worry. Your baby will be born soon."

"Has she eaten anything?" Anani asked one of her sisters, who was hovering nearby, along with five other women of the family.

"Nothing since yesterday, Behika, when she managed to eat a little *ajiako* (pepperpot stew)," responded the sister.

"And when did her labor pains cease?" asked Anani.

"Earlier this morning," said the sister.

Anani then turned to the others. "I need some of you to prepare a mash of warm *ananá* (pineapple) with lots of its juice, and feed Jakuba as much as she can eat over the course of the afternoon, to give her strength and to bring back the contractions that will help her baby to be born. Some among you need to seek a few smooth, flat rocks. Heat the rocks well and wrap them in palm leaves, covered with a soft cotton cloth, and place two or three under her lower back. Be sure to have others heating so that you can replace them, as needed. Others among you, taking turns, will massage her with this fragrant oil, warming it well with your hands."

Anani took a small *higüera* (gourd) of the oil out of her medicine bag and handed it to the sister who had answered her questions. "Especially massage her stomach—lightly!—but do not omit her arms, legs, feet, neck, shoulders, and even her face and head. Use a gentle touch and talk to her soothingly while you massage her. Tell her how beautiful and healthy her baby will be."

She stepped back, taking her mother by the hand, and said, "I will return before *güey* (the sun) sets and, together, with the help of Atabeyra, we will see this baby born by the light of *karaya* (the moon)."

Anani and Naneke left and walked back to Anani´s *bohío*.

15

"I would have taken Jakuba to the shallow sun-warmed ocean pool to ease her labor, Bibí (Mother)," said Anani to Naneke, "but I fear she is too weak. I need to consult Atabeyra. If you wish, I will seek you when I return to Jakuba at sunset; however, you do not have to go back with me. I know you are busy."

"It would give me much pleasure to return with you, Anani," said Naneke, "as long as I will not be in the way."

Kagua and Umatex carefully prepared and mixed the three ingredients of *kojoba*, the brown, green, and white powders that would help Anani communicate more easily with her principal spirit guide, Atabeyra. There was a small cave nearby that had been used by Kaleta´s *behikes* for centuries, so they carried her *dujo* (a special chair) to the cave, along with the *kojoba*, some incense, her *behike's maraka* (sacred rattle), and a *fotuto* (conch shell trumpet).

Meanwhile, Anani went to the nearby river to bathe and used her vomiting stick to clear her stomach of earthly contamination. When Anani and Birán arrived at the sacred cave a short time later, everything was ready.

While Anani settled herself into a comfortable position on her *dujo*, Kagua began to pound the *maraka* against the palm of his open left hand in a smooth, steady rhythm, while Umatex began to sound the *fotuto*... they were the two sounds that would draw Anani back after her spirit journey to the land of the divine.

Anani used the comically-shaped inhaler that was a gift from Makuya, the elderly *behike* of Xaraguá who was like a grandfather to her, to inhale the *kojoba*. It was carved in the form of a male human with a huge smile on his face and his legs up in the air, which fit into her nostrils, drawing the *kojoba* powder up through his bottom. Immediately upon inhaling it, her head fell back, supported by the *dujo´*s high, notched backrest, as the drug took effect.

She felt herself leaving her body behind while she began to fall upward, faster and faster, through a light-filled star tunnel and into a blue-white world filled with myriad voices. There, she saw herself floating, attached to the spirit of her birth mother, Naneke, by an umbilical cord, who was attached to Naneke's own birth mother by an umbilical cord... all the way to Atabeyra at the center of thousands of women floating peacefully. Although she had seen the same vision several times now, Anani gasped again at how beautiful Atabeyra was, for she was both woman and *karaya*, the moon, at one and the same time.

"Hello, my darling child," said the voice of Atabeyra. "Why have you felt the need to come see me? You are doing fine with your aid to the new Itaba Kaubaba."

"Itaba Kaubaba?" repeated Anani. "Is Jakuba with twins?"

"Did you not feel the second baby's head behind the first?" asked Atabeyra.

"Yes, my lady, but I did not recognize it for what it was. My worry was focused on the first, who is not in the proper position to be born."

"You have done everything right so far for the babies to be born, Anani. The mother needs to relax, and you have seen to that. And she needs to let the natural contractions begin again, and not hold them back. The *ananá* that you had her sisters feed her will help accomplish that. But you need to get her out of the *hamaka* and walking around her *bohío*. When the contractions become strong, have her crouch down and bend forward. In that position, the first baby can easily slip out, no matter that he does not come head first. The second baby will come just moments later, for she is ready and eager to join the earthly plane.... So you must be kneeling or crouched down in front of Jakuba, ready to receive both babies. Jakuba can support herself by holding onto your shoulders as she bears down."

"Thank you, Atabeyra, my spirit mother," said Anani.

"Go attend to Jakuba, your Itaba Kaubaba, my child," said Atabeyra, as she gently sent Anani back through the tunnel of light. Atabeyra's voice was fading away while the sounds of the *maraka, fotuto,* and Birán's whining was getting louder. Nonetheless, Anani clearly heard her say, "Take note that these twins born tonight under my protective light, will play a part in your future, Anani, for they will become good friends with Kayabó's children."

Güey was just setting when Anani and Naneke returned to Jakuba's *bohío*. As Anani had hoped, Jakuba was smiling and relaxed, even though her labor pains had begun again. One of her sisters was still massaging her, and another was just bringing her some more of the mashed *ananá*. None of the males were around, having found other places to sleep that night, but all the females of the family were gathered around Jakuba.

After Jakuba had eaten more *ananá*, Anani instructed two of her sisters to help her walk around the *bohío*. Although she walked slowly between them, Jakuba was able to walk. Anani broke the silence that fell by telling everyone of her spirit journey that afternoon to seek Atabeyra's council, and how Atabeyra had told her that Jakuba was giving birth to not one baby, but two—and how Atabeyra herself had called Jakuba "another Itaba Kaubaba."

An excited chatter arose around the room.

"Behika," called out one of the women. "Several of our children do not know about Itaba Kaubaba. Will you please tell them her story?"

"Of course," said Anani, smiling and indicating that the girls should gather on the mats in front of her, "but the story of Itaba Kaubaba begins with the story of Yaya and Yayael.

"Long, long ago," she began, "when the world was not the world we know today, for all the land and mountains were shifting because they were not yet fully formed, and there were as yet no lakes, rivers, or seas, there was a man named Yaya, who had a son called Yayael. Although Yaya was a good provider and a good father, he was a disciplined man who wanted his son to work as hard as he did at preparing and caring for their *konuko* (garden).

"Yayael threatened to kill his father for making him work so hard, but Yaya found out and banished him to another land for four months. Upon Yayael's return, his anger toward his father had not faded. He still threatened to kill him, so Yaya was forced to kill his son. He put Yayael's bones in an *higüera* (gourd) and hung it from the roof of their *bohío*.

"Sometime later, he told his wife that he would like to see Yayael, so they took down the *higüera* and turned it to spill out his bones—whereupon he and his wife saw that Yayael's bones had turned into many fish both big and small, although they did not know they were called fish because, as I already said, there not yet any lakes, rivers, or seas. The fish looked good to eat, and Yaya and his wife were hungry from working hard, so Yaya and his wife ate some of the fish and found that they were very good.

"Not long after that", continued Anani, "we come to the story of the four sons of Itaba Kaubaba. She was the mother of two sets of twins [quadruplets] who were all born on the same night!"

There were so many young children present that Anani purposely left out the part of the story when Itaba Kaubaba died while in childbirth and the four babies had to be cut out of her stomach by the ancient *behika*.

She continued, "When they were young men, the four twin sons of Itaba Kaubaba went to visit the *bohío* of Yaya and his wife. When no one answered their call at the door, they entered the *bohío* only to find that Yaya and his wife were not at home. Hungry, the young men looked around and saw the *higüera* hanging from the roof, but only the firstborn of the four sons, Deminán Karakarakol, was brave enough to take it down to see if it held food.

"They were eating some of the many fish inside it when they heard Yaya and his wife returning from their *konuko*. Deminán hung the *higüera* back up with such haste that it fell down and broke, spilling out so much water and so many fishes of all sizes that they filled the earth…. And that is how the lakes, rivers, and seas were formed, filled with fish."

21

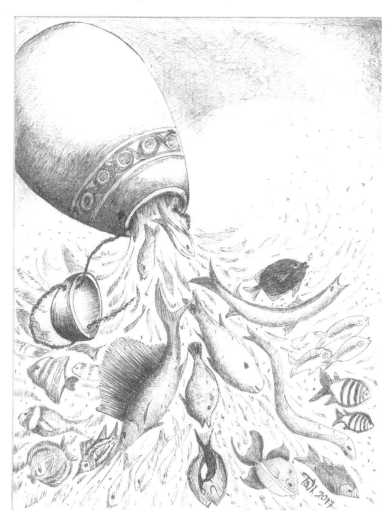

The girls clapped with delight, and began demanding yet another story, but one of their mothers stepped up to where Anani sat and whispered in her ear that it was time for the babies to be born. Anani shushed the girls and promised to tell them more stories at a later time. She walked quickly to Jakuba. "Are you ready, my Itaba Kaubaba?" asked Anani, smiling at her.

"*Jan-jan*, Behika," said the woman, bearing down on what Anani could see was a very strong contraction.

Anani knelt in front of her and gently pulled Jakuba to her knees, placing Jakuba´s hands on her shoulders and indicating that one of her sisters was to kneel behind and continue massaging her belly. Several contractions later, Anani saw the first baby´s glistening rear end, and then the baby´s legs, and finally his head. Deftly she caught the little boy, gently touched foreheads with him and whispered a thank you to Atabeyra, then handed him into the open arms of one of Jakuba´s sisters, who would clean him and wrap him. A moment later, another little head appeared, then the baby´s body, and finally the legs of the boy´s twin sister. "Thank you for this double blessing, Atabeyra," said Anani in a whisper, looking out toward *karaya*, whose light shone softly through the door of the *bohío*. She touched foreheads with this baby, too, then passed her to another of Jakuba´s sisters, who was waiting with a soft cotton cloth in which she wrapped the infant.

A few days before the ceremony to celebrate the annual planting of the *yuka* (Taínos' principal carbohydrate), which would take place as *karaya* began to grow less full, Kayabó returned from a brief visit to Xaraguá and came to call upon Anani. She asked her apprentices to prepare them some *kakaua*, the rich, spicy drink made from seeds that Kayabó and the other traders had brought back from the land of the Maya, for Anani had grown quite fond of it.

"It is amazing how fast the world recovers from the damages done by Guabancex," Kayabó said to her, while petting Birán. "Just three moons ago, there was barely a tree left standing with leaves still attached and no *bohíos* undamaged in either Xaraguá or here in Kaleta. Now, look!" and he swept his arm, indicating all of them. "Only the occasional uprooted trees where once they stood tall bear witness to the horrifying destruction that took place during the *hurakán*. The *bohíos* have all been rebuilt and every living thing is green again. What a fertile land we live in!"

"Speaking of fertility," said Anani, "the planting of the *yuka* in the new *konuko* is in three days. I hope you will be here for the ceremony. And is it true that both Yajima and Okotuma are with child?"

"*Jan-jan*, my sister," responded Kayabó proudly. "I will be here for the planting ceremony, and Yajima already has a well-rounded belly. She says I will be a father before the spring rains. Okotuma has just missed her first moon bleed, so will give birth later, in the hotter months. And you should see Majagua! He is so deeply in love, he does not yet want to return home, where he belongs. He says they need him in Xaraguá, but the truth is, they have many more men there to work and to bring in food than we have here. He just wants to be with Okotuma and to see his son born. As do I, but…"

Kayabó fell silent, without completing his sentence.

Anani knew he was longing for Yajima, but his duty was here in Kaleta. Hoping to lift his spirits, she asked, "And Anakaona, what do you hear of her?"

Kayabó shook his head sadly. "Unfortunately, Yajima says that Anakaona is very unhappy in Maguana, far from her people, and unhappy in her marriage to Kaonabó. Rumor is that, after the first few nights following their union, Kaonabó has not paid her any more attention. They say he only loves his first wife Onanay. She is from the Islands of the Lucayos, where he is from."

Anani shook her head. "All of Anakaona´s fears have come true, then," she said. "We used to talk together all the time in Xaraguá—Anakaona, Yajima, and I—about men and having families. In many ways, I am glad that, because I am a *behika*, I can never take a husband, but neither can I have a child."

"My children will be part of your family, too," said Kayabó, holding his sister close, "especially if what Atabeyra has told you is true, about the two of us being the protectors of our people and our culture when the *arijua* (strangers) come to our land."

"Ayiee! I have not told you about delivering the twins born to Akobo´s granddaughter, Jakuba," said Anani. "She nearly died giving birth to them, so I had to consult with Atabeyra about how to help her. Atabeyra told me that the twins will be a part of my future—and yours—because they will be friends with your children."

"Let us go pay honors to Jakuba and the babies, then," said Kayabó, getting up and extending his hand to help Anani. Birán trotted happily in between them.

Akobo´s family welcomed Kayabó and Anani with open arms. Jakuba was in her *hamaka*, nursing the little girl, while one of her sisters nursed the boy.

"I do not have enough milk for both of them," Jakuba said sadly, but luckily my sister Sikea has plenty for both her son and mine."

"Have you named the twins?" asked Anani.

"*Jan-jan*. This is Anaó," replied Jakuba. "I named her in gratitude to you, Anani. And my son is Deminán because of the story you told while I was in labor."

A young girl, maybe five years old, tugged on Anani´s cape to get her attention. "*Taigüey* (Good Afternoon), Little One," said Anani, looking down at her.

"Behika, would you tell us another story?" she asked.

Anani smiled and said, "I did promise I would tell more stories of the beginning of our world, so yes, of course."

Anani sat down on a large mat near Jakuba´s *hamaka*. Birán and Kayabó sat beside her, and all the children, boys and girls alike, sat in front of her, chattering excitedly, while their mothers hovered in the background.

When the children had quieted down, Anani began her tale: "Long, long ago, when the world was not the world we know today, for not all of the animals and people had been fully formed yet, there was a man named Guahayona, whom we call our very first *behike* because of all that he had learned about healing.

"He was so wise, that he was able convince all the women to go with him to the island of Matinino. He left them there while he went to Guanín, land that lies to the west and is now known as the Land of the Maya, to learn more about healing and caring for his people.

"By early springtime, because Guahayona had taken away all the women, the babies and younger children here on our island were very hungry. Seeking their mothers by a stream, they began calling out "toa... toa," asking for their mothers´ breasts. They cried out so pitifully in their hunger that the guiding spirits turned them into frogs, so they could find food in the stream. That is why, even today, the cry of the frogs is the voice of springtime, the time of fertility."

Anani accepted an *higüera* of water from one of Jakuba´s sisters, took a sip, then passed the gourd on to Kayabó before continuing: "The women who went to Matinino never returned, leaving the men here very lonesome for their partners. One rainy day when they went to bathe at the river, they saw four unusual creatures in the trees, creatures that were neither male nor female. They tried to catch them, but the creatures were too slippery. The *kacike* sent four of the men to seek four *karakarakoles*, men with very rough and scaly skin and hands. The *karakarakoles* were sent into the trees to catch the slippery creatures, and they were successful!

"The *kacike* and all of the men, including the four *karakarakoles* and the creatures they held captive, sat in a circle there at the river to decide what they could do to turn the creatures into women. They decided to have the *karakarakoles* tie the four creatures to four *dujos* (a type of chair) and seek out four *inrirí* (woodpeckers), which they did, and tied the birds to the creatures´ middles. The *inriri*, believing the creatures to be tree trunks, pecked out holes in the forks of the 'tree trunks,' creating female genitals for the creatures.... Thus there were women once again on our island."

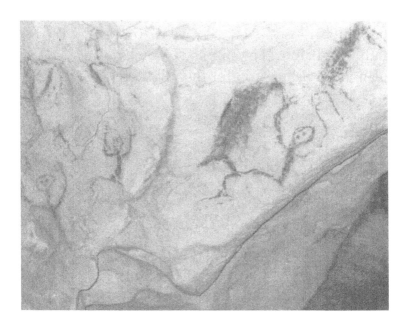

Taíno pictograph in the Cueva de Pommiers, Dominican Republic, depicting the tale of woodpeckers recreating women from strange slippery creatures by the river—look how happy the men at the left are! Photo by Lynne Guitar.

By now, Sikea´s little boy and both of Jakuba´s babies had full tummies and were sound asleep. The rest of the children were sent outside, some to do their chores, others to play.

Anani and Kayabó said their goodbyes and decided to visit their own family home, but Umatex, one of Anani´s apprentices, found them midway to the family *bohío*. He had an urgent request from Kacike Guamos for Anani to attend to one of his young sons, who had a high fever and was vomiting.

Kayabó touched foreheads with Anani and sent her on her way, while he went to speak with his fathers—Bamo, Hayatí, and Marakay—who were planning a fishing trip for the following day.

Two mornings later, just before dawn, as they did every day, Anani and her two apprentices awoke and went to the *batey* (principal plaza) to bless the arrival of *güey*. Immediately afterward, the two apprentices carried a heavy basket with a dozen triangular stone *cemís* (sculptures) of Yukahú Bagua Maorokote, the spirit of *yuka* and of the sea, to the community's recently cleared *konuko*.

For more than a month, both the men and women of Kaleta had worked together whenever they could get away from their other daily chores to clear a field for the new *konuko*. The men cut down trees that had been girdled more than a year ago in anticipation of creating the new planting area—that is, all the bark from the trees had been cut off in a hand-high circle around the trees' bases to kill them and make them easier to chop down. The women had dug around the roots of bushes and grasses with their *koas* (fire-sharpened sticks) so they could pull them out more easily, and cleared away all the rocks in the area. The dead bushes and rocks formed a low fence around the new planting area, and the dead trees would provide cooking fuel for everyone for many months.

Finally, they had piled up loose dirt in two dozen knee-high mounds that were a man´s length from one side to the other and spaced several feet apart. These mounds provided deep soil to support the crops in a region where most of the dirt was very shallow, and the loose soil kept the plants´ roots from rotting during the rainy seasons.

Today, the new *konuko* would be dedicated to Yucahú and planted with short lengths of the wooden stalks of old *yuka* plants. The stalks would take root and produce *yuka* tubers that could be harvested within a year. Meanwhile, the community´s other two *konukos* were still producing *yuka* tubers, along with beans, *auyama* (squash), *maní* (peanuts), and *ajíes* (hot peppers). These other vegetables would be planted in the new *konuko* two moons later, when the *yuka* plants had grown strong and tall enough to support the beans. The people of Kaleta planted a large variety of fruit trees and *ananá* along the borders of their *konukos* and around their *bohíos*. They also grew *ektor* (maiz/corn) along the banks of the nearby river.

At mid-morning, everyone from the *yukayeke* (residential area) began to arrive—men, women, and children. Several of the men carried instruments, including *mayohuakanes*, *fotutos*, flutes, *güiras* (scrapers), *marakas*, and other rhythm instruments made from dried seeds all strung together. The women who were not carrying infants carried *koas*, and the men who were not musicians carried the *yuka* stalks to be planted. Anani, her apprentices, Kacike Guabos, and the musicians stood in the center of the mounds, and everyone else in a large circle around the mounds.

Kacike Guabos made a signal for silence.

The musicians began to play softly, while Anani, dressed in her best black cotton cape, armbands and leg bands with bat designs, and two necklaces, one of human teeth and the other a large bat carved out of pearlescent conch shell, held up a stone bowl of burning *kojiba* (tobacco) and incense. With the blue smoke rising to *turey* (the sky) in the windless morning air, she began to recite aloud a lengthy prayer to Yukahú, turning to each of the four sacred directions, asking for his blessings on the new *konuko*.

With each change of direction, the musicians played more loudly and a little faster. Anani asked Yukahú for ample rain, but not too much, and for glorious sunshine so that the *yuka* plants and other vegetables that they would plant here in the future would grow large and fruitful. She also thanked all of the foods that would be gathered from this new *konuko* for their sacrifice and asked that they nourish the people of Kaleta, keeping them strong and healthy.

Anani lowered the stone bowl to the ground, and Umatex and Kagua added more incense and *kojiba*, so that the blue smoke rose more thickly into the air. Anani then motioned to the people of Kaleta to come forward.

The women who were not holding infants stepped forward to dig holes into the loose earth of the mounds, while the musicians began to play an even faster rhythm.

When the women had finished, they stepped back into the circle, and the men stepped forward to plant the *yuka* stalks into the holes, groups of men working at each of the dozen mounds.

Now Anani stepped up, with her apprentices right behind her, holding the heavy basket, while she planted one stone *cemí* representing Yukahú in each of the mounds, an additional aid to encourage the *yuka* tubers to grow.

The musicians now played as fast and as loudly as they could, while the rest of the men, having planted the stalks and tamped them down well, urinated upon the mounds, providing much needed nitrogen, phosphorus, and potassium for the tropical soil. The men then stepped back into the circle.

Kacike Guabos held his arms up in the air, and the musicians abruptly stopped playing. Into the silence, while turning slowly so he could speak face-to-face with all of his people, he said, "Many thanks to all of you who contributed to the labor to create this new *konuko* and who will work in the future to keep it well planted, weeded, free from pests, and watered when necessary. It will feed all of our families for many years to come."

He turned to touch foreheads with Anani, then turned back to his people, saying, "Go now and enjoy your main meal of the day, giving individual thanks to Yukahú for the bounty he has bestowed upon us."

Anani went home with Jakuba and her family after the dedication of the new *konuko*. After they had eaten, she was sitting on a mat in the shade outside the *bohío* with little Deminán on her lap, asleep. Once again the older children begged her for a story. Anani was pleased. Her own brothers and sisters had heard these creation stories so often that they were bored with them.

"Hmmm," murmured Anani, trying to decide upon a story. "How about another story about Deminán Karakarakol?"

"*Jan-jan*," the children cried out as they sat down at her feet.

Settling her back against a support post of the *bohío*, Anani began: "This story happened long, long ago, when the world was not the world we know today, for all of the animals and people had not yet been fully formed in the time of Deminán Karakarakol. This story tells about the day when Deminán and his three twin brothers saw an old man named Bayamanako going into his *bohío* with his arms full of *kasabe*. Being hungry, they made Deminán go ask the old man for some of it. He entered the old man´s *bohío* and asked politely, but instead of giving him *kasabe*, Bayamanako put his hand to his nose and blew a large *guanguayo* into it (a gob of snot), which he threw at Deminán´s back as the young man stormed out the door. Angry at the old man, Deminán complained to his brothers about the rude thing Bayamanako had done. And he said that his back hurt—badly.

His brothers saw that Deminán´s back had begun to swell. It grew and grew and Deminán was in more and more pain. His brothers took out their finely honed stone knives, but could not cut off the large hump that continued to swell on Deminán´s back, so one of them took an axe and chopped it open.

To their great surprise, a large and beautiful female turtle came out of the hump! She was so beautiful that they built her a *bohío* and pledged to take care of her. They lived there together, and she bore all four of the twin brothers many sons and daughters."

Illustration by Dreamstime (with permission).

Anani decided to visit her own family after leaving the *bohío* belonging to the family of Akobo. Three new babies had been born to her family during the year she was away in Xaraguá, and while Kayabó was on the family´s trading journey to the Land of the Maya. As she approached, three of her four mothers were sitting on mats in the shade of the *bohío*, peeling *ektor* (corn) and cleaning fish in preparation for dinner, while Warishe, the youngest, nursed her recently born son. Onay, Anani's little sister, who was now seven years old, was carrying one of their new baby sisters in her arms and also watching over a little brother who was crawling about—rapidly. Onay acted as if she were the mother. Anani sighed, remembering how she once did the same thing when caring for her young brothers and sisters.

"Anani!" called out Warishe, "Come and join us!"

She knelt down on a mat facing her mothers and leaned over to touch foreheads with each of them. Then she picked up some fish and a scraper made from shell, and began scaling them. "Where are the other children?" she asked.

"Some are collecting firewood and water," said Kamagüeya, "and others are off playing."

"Yari and Imonex are trying to catch more parrots to tame," said Bánika with a smile. "They are like birds themselves, always flying off to do something to prove that they will soon reach manhood."

"The others are all playing somewhere nearby," said Naneke. "They will come home when they smell the fish cooking.... Will you stay to eat with us, too, Anani?"

She accepted the invitation and continued to help her mothers prepare the meal.

A short while later, her three fathers arrived, and Kayabó and the rest of her brothers and sisters as well, as the smell of fish grilling and corn stewing drew them home. Everyone in her family treated Anani with much love and playfulness.

Anani knew they were trying to make her feel as if she had never grown up and left home to become Kaleta´s *behika*. She sighed, thinking about how all of her sisters would continue to live here in this *bohío* together and eventually would raise babies together, but she would always live apart.

As Anani walked to her own *bohío* later than evening, she thought again about the fertility of her people and the land around them. Kaleta´s population was growing larger every year, and Xaraguá´s population, because it was so much larger to begin with, was growing even faster.

How could a small group of *arijua* in a few boats, even if they were very large boats, be such a dangerous threat to her people and their culture?

—THE END—

Glossary & pronunciation guide for English speakers, Tales of Creation

ají (ah-hée)—The Taíno word for "hot peppers."

ajiako (ah-hee-áh-koh)—A kind of stew called "pepperpot" in English that is made from a wide variety of Indigenous tuberous vegetables and whatever protein is available, flavored with hot peppers and the sweet-sour "vinegar" made from the cooked juice of bitter yucca, which is extremely poisonous if not correctly processed. (Indigenous peoples of South America and Central America use it to poison their arrow tips). *Ajiako* is still eaten on a daily basis by many Indigenous peoples of Venezuela and Columbia, and is the "grandfather" of the delicious stew called *sancocho* or *salcocho* that is the favorite Dominican fiesta dish today, made with tuberous vegetables, several kinds of meat, plantains and corn, all flavored with the juice of the sour orange.

ananá (ah-nah-náh)—Taíno word for "pineapple."

aón (ah-ówn)—The medium-sized yellow dogs that accompanied Taíno hunters. It is said that they were mute, could not bark, but there is no physical evidence of this in their skeletons. It is more likely that they were trained not to bark because doing so could guide enemies to the residential areas and scare away the hunters´ prey. It is also said that, like Taínos themselves, they are extinct, but traveling in the Dominican countryside reveals lots of medium-sized yellow dogs that are probably the now mixed-blood descendants of the *aón.*

arijua (ah-ríe-hwua)—Taíno word for "strangers."

auyama (ah-uwh-yah-mah)—A large winter squash (scientific name is *Cucurbita moschata*) that is often called "pumpkin" in English, *auyama* is still grown and eaten in the Hispanic Caribbean and other parts of Hispanic America; it is called *ayote* in Central America, *abóbora* in Brazil, and *apallo* across most of South America.

behika/behike (bey-eé-kah/bey-eé-kay)—Like the sun and the moon, Taínos had two equally important leaders, *behikes/behikas* (males/females) and *kacikes/kacikas* (males/females). The *behike* or *behika* was the religious leader, healer, teacher, principal artist, and umpire for the very important ball game called *batey*, which was a religious rite as well as a sport, and also served as the Taínos' court of law.

The *behike* or *behika* conducted most of his or her religious rituals inside sacred caves, which were seen as portals where representatives from the physical world of human beings and from the divine world of the spirits could come together and negotiate agreements for their mutual benefit. That was considered to be a complicated and dangerous responsibility for the *behike* or *behika*.

bibí (beé-bee)—The Taíno word for "mother" is *bibí*. Except for the *kacike*, who lived with all of his wives (up to 30!) and their children, Taínos lived with their mothers and all their brothers and sisters, plus all their sisters´ children. The sisters shared equally in the responsibility of caring for all their children, so all were called *bibí*. Their brothers shared equally in the responsibility of providing for all their sisters´ children, so all were called *baba* (father). The brothers´ wives lived with their own mothers and their own brothers and sisters, plus all their sisters' children. It was a great way to protect and care for children, because if one mother or father died, there were others to continue raising and caring for them.

bohío (boh-eé-oh)—This was the common kind of Taíno house. It had a tall wooden pole in the center and side poles, with woven walls and a cone-shaped roof. Inside there were "tapestries" woven of natural grasses of many colors, hollow gourds to hold household items, and *hamakas* to sleep in at night. In the cooler months and high in the mountains, a fire in a round stone fireplace kept everyone warm while the smoke went out the central hole in the roof.

cemí (say-meé)—This is a difficult word to define because the same word *cemí* refers to the spirit or essence of a deceased person; the spirit or essence of one of the founding figures of the Taíno world, who are what we would call mythical figures; the spirits of nature, like hurricanes and the sea; and the physical objects and symbols that represent them in paintings, tattoos, stone carvings, woven baskets, and all sorts of sculptures, etc. Note that, just as Christians do not worship the cross or crucifix, but what the cross and crucifix represent, just so Taínos did not worship the symbols or sculptures of their *cemís*, but the spirits that they represented.

chin (cheen)—Taíno word for "a little" or "a little bit." Dominicans still use the word today.

dujo (dúe-hoe)—This small stool for use by Taíno *kacikes* and *behikes* was normally carved out of wood, but some have been found that were carved in stone. The carved designs were often very elaborate, and it is believed that the carved faces and symbols were meant to show that the person seated there was not alone, but was always accompanied by his spirit guides. The ones with tall back rests were used to support the head of the person seated there while he inhaled the powdered drug called *kojoba*, which put him into a brief trance, during which he could communicate more easily with his spirit guides.

ektor (eck-tore)—Taíno word for "maiz/corn."

fotuto (foh-toó-toe)—A "conch-shell trumpet."

guanguayo (gwan-gwhý-yo)—A gob of snot.

guayakán (gwhy-yah-kán)—Objects carved out of this extremely hard and dense wood were highly valued in Taíno society and as trade goods throughout the Circum-Caribbean region. Its scientific name is *Lignum vitae*, which literally means "wood of life," and Spaniards of the Conquest Era in the Caribbean called it *palo santo* (holy wood) because a tea made from it could cure coughs and sore throats as well as arthritic pain, and it was believed to be a miracle cure for syphilis.

güey *(gwáy)*—Taíno word for "sun."

güira (gweé-rah)—A rhythm instrument often called a scraper. Taínos made it from dried, hollow gourds with incised lines. Most *güiras* today are made out of aluminum.

hamaka (ahh-máh-kah)—This Taíno word passed directly into Spanish and passed into English as "hammock."

higüera (ee-gwuér-ah)—Taíno word for "gourd."

inrirí (in-ree-reé)—Taíno word for "woodpecker," a bird featured in many of the creation tales.

jan-jan (hahn-háhn)—The Taíno word for "yes."

kacike (kah-seé-kay)—Like the sun and the moon, Taínos had two equally important leaders, *behikes* and *kacikes*. The closest English equivalent to *kacike* is "chief." The *kacikes* decided when to plant, when to hunt or fish, when to harvest, and how to divide the crops and other foods among their people. *Kacikes* lived in a special rectangular house called a *kaney* that had a roofed porch, and they lived with their wives (up to 30!) and children. Their *kaney* faced the main plaza. The *bohíos* (round homes) of the other residents were built around the *kaney*—the families most closely related to the *kacike* built their *bohíos* around his *kaney*, while the *bohíos* of those who were not related to them were further away. *Kacikes* had special kinds of foods reserved for them, wore elaborate clothing for ceremonial events, and were buried with precious objects to take with them to *Koaibey*, the Taíno heaven.

karakarakol (kar-ah-kar-ah-cóal)—This is what Taínos called children, men, and women who had chronic psoriasis that made their skin and hands rough and scaly. Even today it is difficult to control this disease, which apparently is caused by an overactive immune system.

karaya (kah-ryé-yah)—The Taíno word for the "moon."

kasabe (kah-sáh-bay)—Taíno "bread," *kasabe* is more like what we call a cracker, for it is crispy. It is made of grated bitter *yuka*, which is poisonous unless all the *veicoisi* (liquid) is squeezed out before cooking it. Taíno children made a game of squeezing out the *veicoisi*, using a *cibukán*. Like a giant-sized Chinese finger puzzle, the *cibukán* was packed with grated *yuka*, the upper loop placed over a high stub of a tree branch, and a thick branch placed through the lower loop, with a clay pot underneath. Sitting on that lower branch, the children jumped on it, which squeezed out the liquid. *Kasabe* contains lots of calories, calcium, and vitamin C, although little protein, for it is principally a carbohydrate. Once cooked, *kasabe* can be stored for more than a year without going stale, moldy, or attracting fungi, worms, or other insects.

koa (kóh-ah)—Taínos used a fire-hardened sharp pole as a hoe called a "koa."

kojiba (koh-hée-bah)—Taíno word for what we call tobacco. It seems Taínos could not imagine that anyone would not be familiar with *kojiba*, for indigenous peoples used the herb in so many forms for healing, for relaxing, and in a wide variety of religious ceremonies. So when Spaniards asked what it was, they thought they were asking about the tube used to inhale the powdered version, which is called a *tabako*. The Spaniards, though, thought *tabako* meant the herb, and the word stuck for the herb in both Spanish and English.

konuko (koh-néw-koh)—These Taíno gardens were different from the slash-and-burn gardens of most Indigenous peoples of South America. They were a series of knee-high mounds of dirt about 6 feet in diameter, where all crops were planted together: *yuka*, plus other tuberous vegetables, which provided climbing poles for the beans, plus *ajíes* (hot peppers), peanuts, and a kind of squash or pumpkin called *auyama*—the large, low-growing leaves of the *auyama* helped keep weeds from growing. Most importantly, the mounded loose dirt helped keep the plants' roots from rotting. In dry regions, Taínos built irrigation canals to water their *konukos*. Note that Taínos also grew corn, but not in the *konuko*. They grew corn principally along the nearby river banks.

maní (mah-kneé)—Taíno word for "peanut"; it passed directly into Spanish.

maraka (mah-ráh-kah)—Taíno "rattle." There were two very different types. The most common are the musician's *marakas*, which were normally played by shaking two at a time and were made from hollowed-out, dried gourds filled with seeds or stones, with handles attached. The *behikes* used just one *maraka*, which was made from a section of tree branch that was very carefully hollowed out, leaving a wooden ball (the "heart" of the branch) inside. The ball makes a hollow "clack, clack" sound with the *maraka* held in one hand and hit against the palm of the other.

mayohuakán (my-joe-ah-khán)—A Taíno drum made from a hollow log laid horizontally on the ground, with the ends capped and with a long H-shaped opening cut into its upper length in order to make different sounds when played with two drumsticks.

taigüey (tie-ee-gwáy)—Literally "good sun," this is how you say "hello" or "good day" in Taíno.

turey (tour-ráy)—Taíno word for "sky."

yuka (yoú-kah)—Today, the most commonly eaten of Taínos' many tubercular vegetables is *yuka*, which is written as "yucca" in English and as "yuca" in Spanish, and which is called "cassava" in many parts of the world. There were many varieties, most of which have disappeared from use today. Bitter *yuka* is still used to make *kasabe* today, but sweet *yuka*, which is not poisonous, is peeled, boiled, and often eaten with sautéed onion. Delicious! Note that *yuka* provides double the amount of carbohydrates and calories as potatoes, as well as significant amounts of calcium, potassium, and vitamin C, but very little protein, although the leaves can be boiled and eaten, (they are poisonous if eaten raw), which provides some protein.

yukayeke (you-kah-yéh-kay)—Based on the word "yuka," which was the Taínos' principal carbohydrate, this is their word for a residential area (like our words town, village, or city), some of which held more than 10,000 people.

SAMPLE FROM THE EIGHTH BOOK:

Boys to Men
Taíno Ni Rahú Series, Book 8 of 10

Historical Background

The two main characters in the series are Kayabó and
Anani, a Taíno (pronounced "tie-ée-no") brother and
sister. Kayabó is 16 and Anani 14 in this part of the
story, which takes place from July through October of
1492. Kayabó and Anani live in Kaleta (*Kah-láy-tah*), a
fishing village on the Caribbean Coast, just east of
today´s Santo Domingo. Kayabó is busy helping to train
his two younger brothers, Yari and Imonex, in all that
they have to know and be able to do before they can be
considered men. We discover how Taínos harnessed the
technology of nature. This book also covers the Taíno
harvest ceremonies and their *batey* ball game…. Note
that on October 12th of 1492, Christopher Columbus
and his three ships made their first landing in the
Americas on the island in the Bahamas that Taínos called
Guanahaní, but Columbus baptized with the name San
Salvador, meaning Holy Saviour. They first set foot on
Hispaniola's northwest coast less than two months later,
on the 5th of December.

Boys to Men

Lynne Guitar, Ph.D.

Had it really been almost four years, thought Kayabó, during his last task to transition from a boy to a man, when he had netted all those *setí* (small fish) and first seen the *karey* (green sea turtle) that was the reincarnation of his grandfather at the mouth of this very same river? Since then, he and his sister Anani had saved the people of Kaleta from a severe drought by finding the lost cave with the subterranean lake of fresh water that was now called Ni Rahú Cave—Children of the Water Cave. He had made a long trading trip with several of his family´s men to the Land of Maya, and nearly two years ago, he had organized transfers to safety in caves for both the people of Kaleta and those of Xaraguá when Guabancex, the Spirit of the *Hurakán* (hurricane) threatened them with death and destruction. He had also bonded with Yajima nearly two years ago, who bore him a daughter, Tamasa, 15 moons ago, and who was pregnant again with their second child.

Here he was in that same little bay where he had caught the *setí*. Instead of being alone, he was with two of his younger brothers, Yari and Imonex, who were on their own quest to become men, and his three fathers—Bamo, Hayatí, and Marakay. Today they would teach the boys how to catch large fish and turtles with *buaikán* (remoras).

"Watch," Kayabó said to them, positioning his right hand above the large clay pot filled with sea water that was on the floor of the *kanoa* (canoe). Choosing just the right moment, he snatched up one of the four *buaikán*, each of which was as long as his arm from the fingers of his hand to his elbow, holding it just in front of its rear dorsal fin.

Both boys leaned toward him, eager to examine the sucker fish.

"Look," said Kayabó, pointing out the long oval-shaped sucker organ on top of the fish's head. "With this, just one *buaikán* can attach itself so firmly to a medium-sized turtle or fish that you can pull them both up to the surface together. Using four *buaikán* at a time, we could pull up a large shark!"

"Where do you tie the *kabuyá* (strong cord)?" asked Imonex.

"Right here, between its body and tail," said Kayabó, pointing. He pulled a long piece of *kabuyá* out of a basket that was beside the ceramic bowl and handed it to Imonex. "Go ahead. Tie it on, tightly, but not so tightly that you hurt the fish." When Imonex had done so, Kayabó tested the knot, nodded with approval, then put the *buaikán* back in the bowl. He quickly coiled the *kabuyá* that was hanging from the bowl´s side, which he placed beside the bowl, on the floor of the *kanoa*.

Marakay, who was sitting beside Kayabó, put his hand on Imonex´s shoulder and said, "Well done. Now the two of you must catch the rest of the *buaikán* and attach *kabuyá* to their tails as well, but be very quiet while we row around the coral reefs, seeking large fish."

"How can we know where they are?" asked Yari. "Here the water is shallow and clear, but we cannot see into the deep water where the big fish are."

Marakay just smiled as Hayatí, the youngest of their fathers, quietly lowered himself into the water off the right side of the *kanoa*. "Hayatí will find them," he said with confidence. "With his face in the water, he can see all the way to the bottom… and he can hold his breath longer than anyone else in Kaleta," he added proudly.

Boys to Men

ABOUT THE AUTHOR

Lynne Guitar went back to university as a 42-year-old sophomore at Michigan State University, graduating with dual B.A.s, one in Cultural Anthropology and one in Latin American History. She was awarded a fellowship to Vanderbilt University, where she earned her M.A. and Ph.D. in Colonial Latin American History. Several graduate-student grants enabled her to study at the various archives in Spain for half a year, and she won a year-long Fulbright Fellowship to complete her doctoral studies in the Dominican Republic in 1997-98. There she remained for an additional 18 years.

In fact, Lynne visited the Dominican Republic three times: the first time for 10 days in 1984, which is when she became fascinated by the Taíno Indians; the second time for four months in 1992 as an undergraduate study-abroad student; and the third time, as mentioned, for 19 years, including a year while completing the research and writing of her doctoral dissertation, *Cultural Genesis: Relationships among Africans, Indians, and Spaniards in rural Hispaniola, first half of the sixteenth century.* She worked at the Guácara Taína for two years, taught at a bilingual high school in Santo Domingo for five years, and in 2004 became Resident Director of CIEE, the Council on International Educational Exchange, in Santiago, where she directed study-abroad programs for U.S. American students at the premier university in the Dominican Republic (Pontificia Universidad Católica Madre y Maestra) until her retirement in December of 2015. She now resides with two of her four sisters in Crossville, Tennessee.

Lynne has written many articles and chapters for various history journals and history books, and has starred in more than a dozen documentaries about the Dominican Republic and Indigenous peoples of the Caribbean, including documentaries for the BBC, History Channel, and Discovery Channel, but her desire has always been to write historical fiction—she says you can reach far more people with historical fiction than with professional historical essays. These are her first published historical-fiction books.

Cuentos de Creación

Serie "Taíno *Ni Rahú*", Libro 7 de 10

por Lynne Guitar, Ph.D.

Ilustraciones, Nathalie ("Tali") Saxton de Pérez

Asistencia con la traducción de inglés al español por
Arq. Federico Fermín

Lynne A. Guitar, Ph.D.

Títulos en la Serie "Taíno Ni Rahú":

1   Leyenda de la Cueva Ni Rahú

2   Nunca Más Voy a Guayar Yuka

3   Viaje a Xaraguá

4   Llegada del *Akani* (Enemigo)

5   ¿Qué Traerá el Futuro?

6   ¡Hurakán!

7   Cuentos de Creación

8   De Niños a Hombres

9   Llegan los Españoles

10   Nuevo Comienzo en Baoruko

Sitio Web: lynneguitar.weebly.com
lynneguitar@yahoo.com

ISBN-13:978-1976503719
ISBN-10:197650371X

DEDICACIÓN

Estos libros están dedicados a mi hija Eileen Julian y a mis nietos Krishna, Jagan y Darshan Nautiyal, cuyo apetito voraz por buenos libros me motivó a escribirlos. También los dedico a mi hija Leidy Medina de Batista, a mi amigo Jorge Estévez y a todos los otros descendientes de Los Taíno, para que puedan sentirse hasta más orgullosos de ellos y de sí mismos—porque son ustedes la carne y el espíritu de la gente taína que aún viven entre nosotros.

"...imaginado, pero no inventado."
Joyce Carol Oats

—PRÓLOGO DE LA AUTORA—

Desde la primera vez que visité la República Dominicana en 1984, me enamoré de la historia y la cultura de los indios taínos. Sin embargo, cuando decimos "taíno" hoy, es importante saber que en realidad estamos hablando de por lo menos siete tribus y naciones indígenas diferentes, cada una con su propia lengua y costumbres, que vivían en las islas de las Antillas Mayores en 1492 cuando Cristóbal Colón las reclamó para España. El grupo más avanzado en cuanto a la agricultura, comercio, arte, religión y organización política, fue la gente de la Nación Taíno que gritaba, "¡Nitaíno! ¡Nitaíno"!, al ver pasar los barcos de los españoles. "Nitaíno" es una palabra que, en su idioma, significa "familia" o "familiares", no "gente noble o buena" como han pensado los historiadores por mucho tiempo. Los españoles redujeron el término a "taíno" y lo utilizaron para todos los pueblos indígenas del Caribe, excepto para los que Los Taíno llamaban "caribes" (que significa "la gente feroz"), que se establecieron en las islas de las Antillas Menores. Los Caribe se llaman a sí mismos *kalinago*.

Durante cinco siglos se creyó que los taínos fueron totalmente aniquilados antes de 1550, pero nuevas investigaciones han demostrado que la llamada "desaparición de los taínos" es un mito. En 1492, sólo en la isla de La Hispaniola había probablemente 4 millones o más personas indígenas, no 200,000 como anotaron los cronistas españoles. (La Hispaniola es la isla que hoy en día es compartida por la República Dominicana y la República de Haití, la cual todavía es llamada Santo Domingo por la mayoría de los dominicanos.) Se sabe que aproximadamente de un 10% a un 20% de los pueblos indígenas de las Antillas Mayores sobrevivió a la Conquista Española, fusionando sus genes y sus culturas con las de los Europeos, Africanos y otros nativos para convertirse hoy en día en Dominicanos, Haitianos, Cubanos, Puertorriqueños y Jamaiquinos.

Las historias sobre Kayabó, Anani y su familia son obras de ficción, pero de acuerdo a las últimas investigaciones, están basadas en la vida diaria, valores y creencias de los taínos. ¡Todavía hay mucho que aprender sobre ellos! Espero que algunos de ustedes, los lectores, se animen a continuar las investigaciones.

—*Taíno ti* (Que el Gran Espíritu esté con ustedes)
Lynne Guitar (Ph.D. en Historia de América Latina y Antropología Cultural de la Universidad Vanderbilt, EE.UU.)

<u>Breve autobiografía de la autora</u>: Viví en la República Dominicana como residente permanente, profesora, guía histórica-cultural, escritora, administradora de los programas de estudios en el extranjero de CIEE (Consejo de Intercambio Educativo Internacional), e investigadora independiente desde 1997 hasta enero del 2016. La Cueva Ni Rahú está en el poblado de La Piedra, al noreste de Santo Domingo, la Capital. Estoy jubilada y ahora vivo en los EE.UU. otra vez, donde espero escribir y publicar todos los libros de ficción-histórica que no pude escribir mientras estaba trabajando.

<u>Notas lingüísticas:</u> 1) Especialistas en Puerto Rico y los EE.UU., entre otros lugares, están tratando de reconstruir la lengua taína. Ellos han pedido que se utilice la letra "k" para representar el sonido fuerte de la letra "c" al escribir palabras como "kacike", "yuka" y "Kiskeya", en lugar de usar la "c" como lo hicieron los españoles, para así garantizar que la

pronunciación sea correcta. 2) Al referirse a la Nación Taína o al Pueblo Taíno como un grupo entero, "Los Taíno", con una "L" y "T" mayúscula y sin la "s" final, es correcto. Cuando se dice "los taínos", con minúsculas y una "s" al final, se refiere a más de un individuo en particular, pero no a todo la nación. He seguido estas prácticas en estos libros.

Lynne A. Guitar, Ph.D.

Antecedentes históricos y personajes, *Cuentos de Creación*

Los dos personajes principales de la serie son los taínos Kayabó y Anani, un hermano y hermana. Kayabó tiene 14 años y Anani casi 13, ya que esta parte de la historia tiene lugar en enero de 1491. Viven en Kaleta, un pueblo de pescadores en la Costa Caribeña, justo al este de la actual Santo Domingo, donde aún se localiza el poblado de La Caleta. Este libro principalmente brinda la oportunidad de hablar sobre las responsabilidades de Anani como *behika* (chamán/curandera) y que ella nos cuente varias de las historias taínas de creación. En cuanto a Kayabó, han pasado tres meses desde que el huracán destruyó tanto Kaleta como Xaraguá. Kayabó acaba de regresar de un breve viaje a Xaraguá para ver a su esposa, Yajima, que está embarazada, al igual que Okotuma, la esposa de Majagua. Kayabó habla de lo asombrado que está al ver la rapidez con que ambas comarcas residenciales fueron reconstruidas y la velocidad con la que los árboles y las plantas están creciendo de nuevo…. Tenga en cuenta que yo viví en Santo Domingo cuando el huracán Georges golpeó a la ciudad en 1998. Me sorprendió la rapidez con que se despejaron los daños y se reconstruyeron los hogares porque todo el mundo se aprestaba a ayudar, ya la velocidad con que la vegetación crecía de nuevo.

Kayabó—Su nombre significa "donde hay abundancia" en taíno.
Anani—Su nombre significa "flor de agua" en taíno.

Sus cuatro (4) madres:
Bánika, la especialista en cerámica de la familia;
Kamagüeya, la madre biológica de Kayabó;
Naneke, la madre biológica de Anani; y
Warishe, la más joven madre de las cuatro.

Sus tres (3) padres:
Bamo, que dirigió el viaje comercial a la Tierra de los Maya; **Hayatí** y **Marakay**.

Aguax—Aprendiz principal de Makuya, el viejo *behike* (chamán/curandero) de Xaraguá.
Akobo—De Kaleta, es un viejo comerciante del mar quien es muy sabio.
Anakaona—Una de las hermanas de Kacike Bohechío, tiene sólo 15 años (un año más que Kayabó) cuando Kayabó y Anani llegan a Xaraguá. Se convierten en amigos de por vida. Ella se casa con Kaonabó, el Kacike de Maguana, que era la segunda más grande y más culturalmente avanzada

de las regiones residenciales/políticas en la isla después de Xaraguá. Cuando llegan los españoles y mueren tanto su esposo como su hermano, se convierte en la *kacika* de ambos *kazcikazgos* (jefaturas). También conocida como "La Poetisa", hoy es la más reconocida y amada de todas las mujeres taínas que alguna vez han vivido.

Anaó—La niña de Jakuba (una gemela, su hermano se llama Deminán); los dos niños serán amigos de los hijos de Kayabó en el futuro.

Arokael—*Arokael* es la palabra taína para "abuelo". Fue el abuelo de Anani y Kayabó quien, durante muchos años, fue el *behike* (chamán/curandero) de Kaleta hasta que murió y se reencarnó en el cuerpo de un joven *karey* (tortuga marina verde). Se convirtió en el principal guía espiritual de Kayabó y a veces también habla con Anani, pero generalmente en sus sueños.

Bayamanako—El anciano en un mito taíno de creación en el que una tortuga hembra surge de la espalda de Deminán Karakarakol y da luz tanto a sus hijos como a los de sus hermanos.

Birán—El fiel *aón* (perro) de Anani. Lo nombró en honor de Opiyelguabirán, el medio hombre/medio perro guardián de la entrada a Koaibey, el cielo de los taínos o el mundo más allá.

Deminán—El niño de Jakuba (un gemelo, su hermana se llama Anaó); los dos niños serán amigos de los hijos de Kayabó en el futuro.

Deminán Karakarakol—El primogénito de los "cuatro gemelos" (cuatrillizos) de Itaba Kaubaba, aparece en muchas de las historias de creación de los taínos.

Guabancéx—Es el espíritu femenino del *huracán* que tiene dos ayudantes masculinos, Guatauba, que recoge a los rayos y por eso se le conoce como *El Mensajero*, y Koatrizkie, que recoge las aguas y por eso su símbolo es el pelícano. Se dice que Guabancéx vive en la tierra de Aúmatex, quien es el Kacike del Viento.

Guabos—El *kacike* (jefe) de Kaleta.

Guahayona—Muchas de las historias taínas de creación cuentan con Guahayona, que se considera el primer *behike* (chamán/curandero).

Itaba Kaubaba—En los cuentos taínos de creación, Itaba Kaubaba murió dando a luz a "cuatro gemelos" (cuatrillizos), que fueron cortados de su estómago. Sólo el primogénito tenía nombre, Deminán Karakarakol. Cuando eran mayores, los cuatro hermanos aparecen en historias de creación sobre cómo nació el mar y ayudaron a poblar el mundo.

Jakuba—Una de las nietas de Akobo que necesitaba la ayuda de Anani para dar a luz a los gemelos Deminán y Anaó, que serán amigos con los hijos de Kayabó en el futuro.

Kagua—Él y Úmatex son los dos curanderos que asisten Anani.

Makuya—El Behike de Xaraguá, quien es cómo un abuelo para Anani.

Okotuma—Una de las hermanas mayores de Yajima; Majagua se enamora y se casa con Okotuma.

Sikea—Otra de las nietas de Akobo, Sikea ayuda a su hermana Jakuba con los gemelos, amamantando a Deminán junto con su propio hijo pequeño.

Úmatex—Él y Kagua son los dos curanderos que asisten a Anani.

Yaya—Él y su esposa (sin nombre) aparecen en una historia de creación taína de cómo nació el mar.

Yayael—Él es el hijo de Yaya, y son sus huesos los que se convierten en la gran cantidad de peces y agua que crean el mar.

Yukahú Bagua Maorokote—El más poderoso de las guías espirituales, preside la *yuka* y el mar, los cuales son las principales fuentes de alimento de los taínos. Su madre es Atabeyra (no tenía padre), que preside la luna, el agua dulce y la fertilidad.

Lynne A. Guitar, Ph.D.

Cuentos de Creación

Lynne Guitar, Ph.D.

Anani y sus dos aprendices, Kagua y Umatex, estaban sentados sobre esteras a la sombra de su *bohío* (casa), el fiel *aón* (dog) Birán de Anani a su lado. Estaban moliendo hierbas medicinales, mientras ella estaba tallando un intrincado plato de un pedazo grande de *guayakán*, una hermosa madera oscura que podía ser pulida con un alto brillo, pero que es muy difícil de tallar porque es extremadamente dura. Su amiga Anakaona de Xaraguá le había enseñado los secretos de tallar la madera, y Makuya, el *behike* (chamán/curandero) de Xaraguá, le había enseñado sobre las propiedades medicinales casi mágicas del *guayakán* para curar dolores de garganta, tos, dolor de artritis, verrugas y erupciones de la piel.

"*Taigüey* (buen día), Anani!", llamó suavemente Naneke, una de sus cuatro madres, sentándose a su lado y tocando la frente con su hija, que había sido la *behika* (chamán/curandera) de Kaleta desde la muerte de su abuelo hace dos años. "Una de las jóvenes de la familia de Akobo necesita ayuda," ella continuó, "Ha estado de parto durante dos días, pero el bebé se niega a nacer. La familia teme que, si esto continúa por mucho más tiempo, ni ella ni el bebé vivirán".

Tomando el bolso de sus medicinas, Anani acompañó a Naneke al *bohío* de la afligida jovencita, que estaba tendida en su hamaca, la que lucía muy, muy, pálida. Anani le tocó suavemente su barriga distendida, que estaba caliente y sudorosa, con la piel de su vientre tan estirada que Anani podía sentir dónde estaba la cabeza del bebé, que no estaba en posición hacia abajo, como debería ser. Su trasero era hacia abajo, con la cabeza hacia arriba, y parecía haber algo más arriba, pero Anani no sabía qué era eso. Deslizó su mano hacia abajo otra vez, confirmando que él bebe estaba intentando salir de nalgas.

"¿Cuál es tu nombre"?, Anani preguntó suavemente a la madre.

"Jakuba", la mujer susurró débilmente.

"¿Sabes quién soy?" preguntó Anani.

"Eres la *behika*", susurró Jakuba.

"*Jan-jan* (sí), y estoy aquí para ayudarte, Jakuba. Relájate y no te preocupes. Tu bebé nacerá pronto".

"¿Ha comido algo"?, preguntó Anani a una de sus hermanas, que estaban cerca, juntas con otras cinco mujeres de la familia.

"Nada desde ayer, Behika, solo pudo comer un poquito de *ajiako* (estofado)", respondió la hermana.

"¿Y cuándo cesaron sus dolores de parto"?, preguntó Anani.

"A principios de esta mañana", dijo la hermana.

Anani se volvió hacia las demás. "Necesito que algunas de ustedes preparen un puré de *ananá* (piña) caliente con mucho jugo, y alimenten a Jakuba tanto como pueda comer en el transcurso de la tarde, para darle fuerzas y hacer que vuelvan las contracciones que van a ayudar a nacer su bebé. Necesito que algunos de ustedes busquen unas cuantas rocas lisas y planas. Calienten bien las rocas y envuélvanlas en hojas de palma, cubiertas con un paño de algodón suave, y coloquen dos o tres en la parte baja de su espalda. Asegúrense de tener otras calentándose para que puedan reemplazarlas, según sea necesario. Otras entre ustedes, por turnos, denle masajes con este aceite fragante, calentándolo bien con las manos".

Anani sacó una pequeña *higüera* de aceite de su bolsa de medicinas y se la dio a la hermana que había respondido a sus preguntas. "Especialmente denle masajes en su estómago—¡ligeramente!—incluyendo sus brazos, piernas, pies, cuello, hombros, e incluso su cara y cabeza. Mientras le estén dando masajes suavemente, háblenle calmadamente. Díganle lo hermoso y saludable que será su bebé".

Anani se echó hacia atrás, tomando a su madre de la mano, y dijo: "Volveré antes de que *güey* (el sol) se ponga y, juntas, con la ayuda de Atabeyra, veremos a este bebé nacer a la luz de *karaya* (la luna)".

Anani y Naneke se marcharon y regresaron al *bohío* de Anani.

73

"Habría llevado a Jakuba a la pequeña piscina del mar que está calentada por el sol para aliviar sus dolores de parto, Bibí (Madre)", dijo Anani a Naneke, "pero me temo que está demasiado débil. Necesito consultar a Atabeyra. Si lo deseas, te buscaré cuando vuelva a Jakuba al atardecer; sin embargo, no tienes que volver conmigo. Sé que estás ocupada".

"Me daría mucho gusto volver contigo, Anani", dijo Naneke, "

Kagua y Umatex cuidadosamente prepararon y mezclaron los tres ingredientes de *kojoba* (una droga sagrada), los tres polvos marrones, verdes y blancos que ayudarían a Anani a comunicarse más fácilmente con su guía espiritual principal, Atabeyra. Había una pequeña cueva cercana que había sido utilizada por los *behikes* de Kaleta por siglos, así que llevaron su *dujo* (una silla especial) a la cueva, junto con la *kojoba*, un *chin* de incienso, su *maraka* de *behike* (maraka sagrada) y un *fotuto* (trompeta de la concha de lambí).

Mientras tanto, Anani fue al río cercano para bañarse y usó su palito de vómito para limpiar su estómago de contaminación terrenal. Cuando Anani y Birán llegaron a la cueva sagrada poco tiempo después, todo estaba listo.

Mientras Anani se acomodaba en una cómoda posición en su *dujo*, Kagua empezó a golpear la *maraka* contra la palma de su mano izquierda abierta en un ritmo suave y constante, mientras Umatex empezó a tocar el *fotuto*... Eran dos sonidos que traerían de vuelta a Anani después de su viaje espiritual a la tierra de lo divino.

Anani utilizó el inhalador de forma cómica que era un regalo de Makuya, el anciano Behike de Xaraguá, quien era como un abuelo para ella, para inhalar la *kojoba*. Fue tallada en forma de un ser humano macho con una sonrisa grande en su cara y sus piernas en el aire, que se ajustan en las fosas nasales de la nariz, tomando el polvo de *kojoba* a través de su parte inferior. Inmediatamente después de inhalarlo, su cabeza cayó hacia atrás, apoyada por el alto respaldo entallado del *dujo*, cuando la droga le hizo efecto.

Anani se sentía dejando su cuerpo atrás mientras comenzaba a caer hacia arriba, más rápido y más rápido, a través de un túnel lleno de luz de las estrellas y en un mundo azul-blanco lleno de miríadas de voces. Allí se vio a sí misma flotando, unida al espíritu de su madre biológica, Naneke, la que a su vez estaba unida por un cordón umbilical a su madre biológica y así... todo el camino hasta Atabeyra en el centro de miles de mujeres flotando pacíficamente. A pesar de que había visto la misma visión varias veces, Anani volvió a jadear con asombro de lo hermosa que era Atabeyra, ya que era mujer y *karaya*, la luna, al mismo tiempo.

75

Lynne A. Guitar, Ph.D.

"Hola, querida hija", dijo la voz de Atabeyra. "¿Por qué has sentido la necesidad de venir a verme? Lo estás haciendo bien con tu ayuda a la nueva Itaba Kaubaba".

"¿Itaba Kaubaba?" repitió Anani. "¿Jakuba tiene gemelos?"

"¿No sentiste la cabeza de la segunda bebé detrás del primero"?, preguntó Atabeyra.

"Sí, mi señora, pero no reconocí lo que era. Mi preocupación se centró en el primero, que no está en la posición adecuada para nacer".

"Has hecho todo bien hasta ahora para que los bebés nazcan, Anani. La madre necesita relajarse, y lo has preparado todo. Ella necesita dejar que las contracciones naturales comiencen de nuevo, y no retenerlas. La *ananá* con que mandaste sus hermanas a alimentarla sus hermanas, la ayudará a lograrlo. Pero tienes que sacarla de la *hamaka* para que camine alrededor de su *bohío*. Cuando las contracciones se vuelven fuertes, haz que se agache y se doble hacia adelante. En esa posición, el primer bebé puede deslizarse fácilmente, sin importar que no venga primero la cabeza. La segunda bebé vendrá momentos después, porque está lista y ansiosa por unirse al plano terrenal.... Así que debes estar arrodillada o agachada delante de Jakuba, lista para recibir a ambos bebés. Jakuba puede sostenerse sobre tus hombros mientras ella esta agachada".

"Gracias, Atabeyra, mi madre spiritual", dijo Anani.

"Ve a Jakuba, tu Itaba Kaubaba, hija mía", dijo Atabeyra, mientras ella gentilmente envió a Anani de vuelta a través del túnel de luz.

La voz de Atabeyra se desvanecía mientras los sonidos de la *maraka*, *fotuto* y los gemidos de Birán se hacían más fuertes. Sin embargo, Anani la oyó claramente decir: "Toma nota de que estos gemelos que nacerán esta noche bajo mi luz protectora, ya que jugarán un papel en tu futuro, Anani, porque serán buenos amigos de los hijos de Kayabó".

Güey se estaba poniendo cuando Anani y Naneke regresaron al *bohío* de Jakuba. Como Anani había esperado, Jakuba estaba sonriendo y relajada, a pesar de que sus dolores de parto habían comenzado de nuevo. Una de sus hermanas todavía la estaba masajeando, y otra le estaba trayendo algo más de puré de *ananá*. Ninguno de los varones estaba alrededor, ya que buscaron otros lugares para dormir esa noche; pero sí, todas las hembras de la familia se reunieron alrededor de Jakuba.

Después de que Jakuba había comido más *ananá*, Anani instruyó a dos de sus hermanas para ayudarla a caminar alrededor del *bohío*. Aunque caminaba lentamente entre ellas, Jakuba podía caminar. Anani rompió el silencio, contándole a todos de su viaje espiritual esa tarde para buscar los consejos de Atabeyra, y cómo Atabeyra le había dicho que Jakuba estaba dando a luz no a un bebé, sino a dos—y cómo Atabeyra había llamado Jakuba "otra Itaba Kaubaba".

Un cotorreo emocionado surgió alrededor del *bohío*.

"Behika", gritó una de las mujeres. "Varias de nuestras hijas no saben de Itaba Kaubaba. ¿Quieres contarles tu cuento"?

"Por supuesto", dijo Anani, sonriendo e indicando que las niñas deberían reunirse en las esteras frente a ella, "pero el cuento de Itaba Kaubaba empieza con la historia de Yaya y Yayael.

"Hace mucho tiempo", comenzó, "cuando el mundo no era el mundo que conocemos hoy, porque toda la tierra y las montañas estaban cambiando, porque todavía no estaban completamente formadas y aún no había lagos, ríos ni océanos, había un hombre llamado Yaya, que tenía un hijo llamado Yayael. Aunque Yaya era un buen proveedor y un buen padre, era un hombre disciplinado que quería que su hijo trabajara tan duro como lo hizo él en la preparación y el cuidado de su *konuko* (jardín).

"Yayael amenazó con matar a su padre por hacerle trabajar tan duro, pero Yaya lo descubrió y lo desterró a otra tierra durante cuatro meses. Al regreso de Yayael, su ira hacia su padre no se había desvanecido. Todavía amenazaba con matarlo, por lo que Yaya se vio obligado a matar a su hijo. Puso los huesos de Yayael en una *higüera* y la colgó del techo de su *bohío*.

"Algún tiempo después, le dijo a su esposa que le gustaría ver a Yayael, bajando la *higüera* del techo y la volteó hacia abajo para derramar sus huesos— después de lo cual, él y su esposa vieron que los huesos de Yayael se habían convertido en muchos peces grandes y pequeños, aunque no sabían que se llamaban peces porque, como ya les he dicho, todavía no había lagos, ríos ni mares. Los peces parecían sabrosos, y Yaya y su esposa por haber trabajado duro tenían hambre, así que comieron algunos de los peces y descubrieron que estaban muy ricos.

"No mucho después de eso", continuó Anani, "llegamos a la historia de los cuatro hijos de Itaba Kaubaba. ¡Ella era la madre de dos pares de gemelos [cuatrillizos] que nacieron todos en la misma noche"!

Había tantas niñas pequeñas presentes que Anani deliberadamente dejó fuera la parte del cuento cuando Itaba Kaubaba murió durante el parto y los cuatro bebés tuvieron que ser extraídos de su estómago por la anciana *behika*.

Ella continuó: "Cuando eran jóvenes, los cuatro hijos gemelos de Itaba Kaubaba fueron a visitar el *bohío* de Yaya y su esposa. Cuando nadie respondió a su llamada en la puerta, entraron en el *bohío* para descubrir que Yaya y su esposa no estaban en casa. Hambrientos, los jóvenes miraron a su alrededor y vieron la *higüera* colgada del techo, pero sólo el primogénito de los cuatro, Deminán Karakarakol, tuvo la valentía de bajarla para ver si tenía comida.

"Estaban comiendo algunos de los muchos peces dentro de la *higüera* cuando oyeron a Yaya y su esposa al regreso de su *konuko*. Deminán colgó la *higüera* de nuevo con tanta prisa que cayó y se rompió, derramando tanta agua y tantos peces de todos los tamaños que llenaron la tierra.... Y así se formaron los lagos, ríos y océanos llenos de peces".

Las niñas aplaudieron con deleite y comenzaron exigir otro cuento, pero una de sus madres se acercó a donde Anani estaba sentada y le susurró al oído que era hora de que nacieran los bebés.

Anani hizo callar a las chicas y prometió contarles más cuentos en un momento posterior. Caminó rápidamente hacia Jakuba. "¿Estás lista, mi Itaba Kaubaba"?, preguntó Anani, sonriéndole.

"*Jan-jan* (sí), Behika", dijo la mujer, empujando fuertemente con la que Anani podía ver era una intensa contracción.

Anani se arrodilló frente a ella y con suavidad empujo a Jakuba de rodillas, colocando las manos de Jakuba sobre sus hombros e indicando que una de sus hermanas debía arrodillarse detrás y seguir masajeando su vientre. Varias contracciones más tarde, Anani vio el trasero reluciente del primer bebé, y luego las piernas, y finalmente su cabeza. Con habilidad, atrapó al niño, le tocó suavemente la frente con la de ella y le susurró un agradecimiento a Atabeyra, y luego lo entregó a los brazos abiertos de una de las hermanas de Jakuba, quien lo limpiaba y lo envolvía. Un momento después apareció otra pequeña cabeza, luego el cuerpo de la bebé y finalmente las piernas de la hermana gemela del niño. "Gracias por esta doble bendición, Atabeyra", dijo Anani en un susurro, mirando hacia la *karaya*,

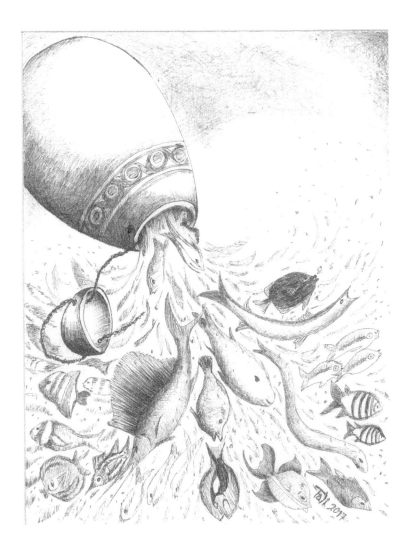

cuya luz brillaba suavemente por la puerta del *bohío*. Ella también tocó la frente de la bebé, y luego la pasó a otra de las hermanas de Jakuba, que estaba esperando con un paño de algodón suave en el que envolvió la bebé.

Pocos días antes de la ceremonia para celebrar la siembra anual de la *yuka* (carbohidrato principal de los taínos), que tendría lugar a medida que *karaya* comenzara a ponerse más pequeña, Kayabó regresó de una breve visita a Xaraguá y acudió a visitar a Anani. Ella les pidió a los aprendices que les prepararan algo de *kakaua* (cacao), la bebida rica y picante hecha de semillas que Kayabó y los demás comerciantes habían traído de la Tierra de los Maya, porque a Anani le gustaba mucho.

"Es sorprendente la rapidez con que el mundo se recupera de los daños causados por Guabancex", le dijo Kayabó, mientras acariciaba a Birán. "Hace sólo tres lunas, apenas quedaba un árbol de pie con hojas aún unidas y no había *bohíos* sin daños en Xaraguá ni aquí en Kaleta. ¡Ahora, mira"!, dijo, abanicando su brazo alrededor, indicando cuantos había de ellos. "Solamente los árboles desraizados mostraban donde una vez estaban sembrados los altos árboles que daban testimonio de la destrucción espantosa que ocurrió durante el *hurakán*. Los *bohíos* han sido reconstruidos y todas las cosas vivas han vuelto a ser verdes. ¡Qué tierra más fértil en la que vivimos"!

"Hablando de fertilidad", dijo Anani, "la siembra de la *yuka* en el nuevo *konuko* es en tres días. Espero que estés aquí para la ceremonia. ¿Y es cierto que tanto Yajima como Okotuma están embarazadas?"

"*Jan-jan*, mi hermana", respondió Kayabó con orgullo. "Estaré aquí para la ceremonia de la siembra de la *yuka* y Yajima ya tiene un vientre bien redondeado. Dice que seré padre antes de las lluvias de la primavera. Okotuma acaba de faltar su primera sangría de luna, por lo que dará a luz más tarde, en los meses más calientes. ¡Y deberías ver a Majagua! Está tan profundamente enamorado que todavía no quiere volver a casa, a donde pertenece. Dice que lo necesitan en Xaraguá, pero la verdad es que tienen muchos más hombres para trabajar y para traer comida de lo que tenemos aquí. Sólo quiere estar con Okotuma y ver a su hijo nacido. Como yo, pero... "

Kayabó calló, sin completar la frase.

Anani sabía que deseaba a Yajima, pero su deber estaba aquí en Kaleta. Con la esperanza de levantar el ánimo, le preguntó, "Y Anakaona, ¿qué oyes de ella"?

Kayabó sacudió la cabeza tristemente. "Desafortunadamente, Yajima dice que Anakaona está muy infeliz en Maguana, lejos de su gente, e infeliz en su matrimonio con Kaonabó. El rumor es que, después de las primeras noches después de su unión, Kaonabó no le ha prestado más atención. Dicen que solamente ama a Onanay, su primera esposa, quien es de las Islas de Los Lucayos, igual que él".

Anani sacudió la cabeza. "Todos los miedos de Anakaona se han hecho realidad, entonces", dijo. "Solíamos hablar juntas todo el tiempo en Xaraguá—Anakaona, Yajima, y yo—sobre hombres y tener familias. De muchas maneras, me alegro de que soy una *behika*, pero nunca puedo tener un marido, tampoco un hijo".

"Mis hijos también formarán parte de tu familia", dijo Kayabó, manteniendo a su hermana cerca", especialmente si lo que Atabeyra te ha dicho es verdad, acerca de que nosotros dos vamos a ser los protectores de nuestro pueblo y nuestra cultura cuando los *arijua* (extranjeros) vengan a nuestra tierra".

"¡Aiyee! No te he dicho que ayudé a nacer a los gemelos de la nieta de Akobo, Jakuba", dijo Anani. "Ella casi murió al darles a luz, así que tuve que consultar con Atabeyra sobre cómo ayudarla. Atabeyra me dijo que los gemelos serán parte de mi futuro—y el tuyo—porque serán amigos de tus hijos".

"Entonces, vamos a pagar honores a Jakuba y a los bebés", contestó Kayabó, levantándose y extendiendo su mano para ayudar a Anani. Birán trotó felizmente entre ellos.

La familia de Akobo recibió a Kayabó y Anani con los brazos abiertos. Jakuba estaba en su *hamaka*, amamantando a la niña, mientras una de sus hermanas hacia lo mismo para el niño.

"No tengo suficiente leche para los dos", dijo Jakuba tristemente, "pero por suerte mi hermana Sikea tiene bastante para su hijo y el mío".

"¿Has dado nombres a los gemelos"?, preguntó Anani.

"*Jan-jan*. Ésta es Anaó", contestó Jakuba. "La he nombrado en agradecimiento de ti, Anani. Y mi hijo es Deminán por el cuento que contaste mientras estuve en parto.

Una niña, quizás de cinco años de edad, jaló de la capa de Anani para llamar su atención.

"Taigüey (buenas tardes), Pequeña", dijo Anani, mirándola.

"Behika, ¿Nos podría contar otro cuento"?, le preguntó.

Anani sonrió y dijo, "Prometí contar más cuentos del comienzo de nuestro mundo, aasí que, por supuesto que sí".

Anani se sentó en una estera grande cerca de la *hamaka* de Jakuba. Birán y Kayabó se sentaron a su lado, y todos los niños, muchachos y muchachas por igual, se sentaron delante de ella, charlando excitadamente, mientras sus madres rondaban al fondo.

Cuando los niños se calmaron, Anani comenzó su cuento: "Hace mucho, mucho tiempo, cuando el mundo no era el mundo que conocemos hoy, porque ni los animales ni todas las personas se habían formado completamente todavía, había un hombre llamado Guahayona, quien se convirtió en nuestro primer *behike* debido a todo lo que había aprendido sobre la curación.

"Era tan sabio que pudo convencer a todas las mujeres para que lo acompañaran a la isla de Matinino. Las dejó allí mientras él se dirigía a Guanín, tierra que se encuentra al oeste y que ahora se conoce como la Tierra de los Maya, para aprender más sobre la curación y el cuidado de su pueblo.

"A principios de la primavera, ya que Guahayona se había llevado a todas las mujeres, los bebés y los niños más pequeños, aquí en nuestra isla tenían mucha hambre. Buscando a sus madres por un arroyo, comenzaron a llamar "toa... toa", pidiendo los pechos de sus madres. Gritaban tan lamentablemente con su hambre que los guías espirituales les convirtieron en ranas, para que pudieran encontrar comida en el arroyo. Es por eso, incluso hoy, que el grito de las ranas es la voz de la primavera, el tiempo de la fertilidad".

Anani aceptó una *higüera* de agua de una de las hermanas de Jakuba, tomó un sorbo, luego pasó la *higüera* a Kayabó antes de continuar: "Las mujeres que fueron a Matinino nunca regresaron, dejando a los hombres aquí muy solitarios para sus parejas. Un día lluvioso, cuando fueron a bañarse en el río, vieron cuatro criaturas inusuales en los árboles, criaturas que no eran ni masculinas ni femeninas. Trataron de atraparlas, pero las criaturas eran demasiado resbaladizas.

"El *kacike* envió a cuatro de los hombres a buscar cuatro *karakarakoles*, hombres de piel y manos muy ásperas y escamosas. Los *karakarakoles* fueron enviados a los árboles para atrapar a las criaturas resbaladizas, ¡y tuvieron éxito!

"El *kacike* y todos los hombres, incluidos los cuatro *karakarakoles* y las criaturas que mantenían en cautiverio, se sentaron en un círculo al lado del río para decidir qué podían hacer para convertir a las criaturas en mujeres. Decidieron hacer que los *karakarakoles* ataran las cuatro criaturas a cuatro *dujos* y buscaran cuatro *inrirí* (aves carpinteros) que encontraron y ataron las aves a las criaturas. Los *inrirí*, creyendo que las criaturas eran troncos de árboles, picoteaban agujeros en las ingles de las criaturas, creando genitales femeninos en ellas.... Así que hubo mujeres una vez más en nuestra isla".

Ahora el niño de Sikea y los dos bebés de Jakuba tenían los estómagos llenos y estaban durmiendo profundamente. El resto de los niños fueron enviados al exterior, algunos para hacer sus tareas, otros para jugar.

Anani y Kayabó se despidieron y decidieron visitar a su propia casa familiar, pero Umatex, uno de

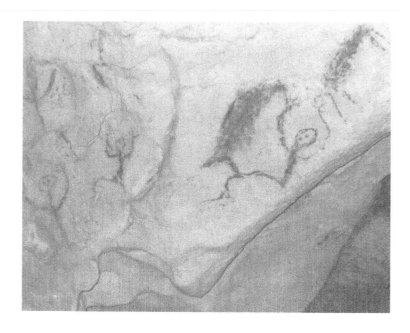

Pictografía taína de la Cueva Pommiers, República Dominicana, que representa el cuento de las aves carpinteros que recrean a mujeres de criaturas resbaladizas por el río—¡Mira que felices son los hombres a la izquierda! Foto por Lynne Guitar.

los aprendices de Anani, los encontró a medio camino del *bohío* familiar. Tenía una petición urgentde Kacike Guamos para que Anani atendiera a uno de sus hijos jóvenes, que tenía fiebre alta y vomitaba.

Kayabó y Anani se despidieron tocándose las frentes; continuando Anani su camino, mientras él iba a hablar con sus padres Bamo, Hayatí y Marakay, quienes planeaban un viaje de pesca para el día siguiente.

Dos mañanas más tarde, justo antes del amanecer, como lo hacían todos los días, Anani y sus dos aprendices se despertaron y fueron al *batey* (plaza principal) para bendecir la llegada del *güey*. Inmediatamente después, los dos aprendices llevaron al *konuko* recientemente desbrozado por la comunidad, una pesada cesta con una docena de *cemís*, esculturas triangulares en piedra que representaban a Yukahú Bagua Maorokote, el espíritu de la *yuka* y del mar.

Por más de un mes, tanto los hombres como las mujeres de Kaleta trabajaban juntos cada vez que podían alejarse de sus otras tareas diarias para desbrozar un campo para el nuevo *konuko*. Los hombres cortaron los árboles, que con un año o más de antelación, en previsión de la creación del nuevo *konuco*, habían sido ranurados, es decir aquellos cuyas cortezas habían sido cortadas en un círculo del tamaño de una mano alrededor de las bases de los mismos, para debilitarlos y hacerlos más fáciles de cortar. Las mujeres habían cavado alrededor de las raíces de los arbustos y las hierbas con sus *koas* (palos afilados con fuego) para que pudieran sacarlos más fácilmente, y limpiaron todas las rocas de la zona. Los arbustos muertos y las rocas formaron una valla baja alrededor del nuevo *konuko*, y los árboles muertos proporcionaban combustible para cocinar para todos durante muchos meses.

Finalmente, habían amontonado tierra suelta en dos docenas de montículos con una altura hasta las rodillas y con una longitud del tamaño de un hombre, que estaban colocados uno al lado del otro y espaciados a varios metros de distancia. Las tierras sueltas de los montículos proporcionaron un suelo profundo para soportar los cultivos, en una región donde la mayor parte del suelo era muy poco profundo, y aseguraron que las raíces de las plantas no se pudrieran durante las estaciones lluviosas.

Hoy, el nuevo *konuko* estaría dedicado a Yukahú y plantado con trozos cortos de los tallos de *yuka* vieja. Los tallos se arraigarían y producirían tubérculos de *yuka* que podrían ser cosechados dentro de un año. Mientras tanto, los otros dos *konukos* de la comunidad todavía producían tubérculos de *yuka*, junto con habichuelas, *auyama* (calabaza), *maní* y *ajíes* (pimientos). Estas últimas verduras serían plantadas en el nuevo *konuko* dos lunas más tarde, cuando las plantas de *yuka* estuvieran lo suficientemente fuertes y altas para poder soportar las habichuelas. La gente de Kaleta plantó una gran variedad de árboles frutales y *ananá* en los bordes de sus *konukos* y alrededor de sus *bohíos*. También cultivaron *ektor* (maíz) a lo largo de las orillas del río cercano.

A media mañana, todos del *yukayeke* (área residencial) comenzaron a llegar al nuevo *konuko*—

hombres, mujeres y niños. Algunos de los hombres llevaban instrumentos, entre ellos *mayohuakanes* (tambores), *fotutos* (trompetas de concha), flautas, *güiras*, *marakas* y otros instrumentos rítmicos hechos de semillas secas. Las mujeres que no cargaban niños llevaban *koas*, y los hombres que no eran músicos llevaban los tallos de *yuka* para ser plantados. Anani, sus aprendices, Kacike Guabos y los músicos se colocaron en el centro de los montículos, y todos los demás en un gran círculo alrededor de ellos. El Kacike Guabos hizo una señal de silencio.

Los músicos comenzaron a tocar suavemente, mientras que Anani, vestida con su mejor capa de algodón negro, bandas de brazos y piernas con diseños de murciélagos, y dos collares, uno de dientes humanos y el otro, un murciélago tallado con concha reluciente, sostenía un cuenco de piedra donde se quemaba *kojiba* (tabaco) e incienso. Con el humo azul subiendo a *turey* (el cielo) en el aire de la mañana sin viento, comenzó a recitar en voz alta una larga oración a Yukahú, volviéndose a cada una de las cuatro direcciones sagradas, pidiendo sus bendiciones para el nuevo *konuko*.

Con cada cambio de dirección, los músicos tocaron más fuerte y un poco más rápido. Anani le pidió a Yukahú lluvia abundante, pero no demasiada, y por un sol glorioso para que las plantas de *yuka* y otras verduras que plantarían aquí hoy y en el futuro crecieran grandes y fructíferas. Anani también agradeció a todas las plantas por su sacrificio, y les pidió que alimentaran a la gente de Kaleta, manteniéndolos fuertes y sanos, con los alimentos que se recogerían de este nuevo *konuko*.

Anani bajó el cuenco de piedra al suelo, y Umatex y Kagua agregaron más incienso y *kojïba*, de modo que el humo azul se elevó más densamente en el aire. Anani hizo un gesto a la gente de Kaleta para que se acercaran.

Las mujeres que no estaban sosteniendo niños se adelantaron para cavar agujeros en la tierra suelta de los montículos, mientras que los músicos comenzaron a tocar un ritmo aún más rápido.

Cuando las mujeres habían terminado, retrocedieron hacia el círculo y entonces los hombres dieron unos pasos adelante para plantar los tallos de *yuka* dentro de los agujeros, grupos trabajando en cada una de las docenas de montículos.

Ahora Anani se puso en pie, con sus aprendices justo detrás de ella, sosteniendo la pesada cesta, mientras ella plantó un *cemí* de piedra representando a Yukahú en cada uno de los montículos, una ayuda adicional para estimular el crecimiento de los tubérculos de *yuka*.

Los músicos ahora tocaban tan rápido y tan alto como podían, mientras que el resto de los hombres, después de haber plantados y apisonado bien los tallos, orinaban sobre los montículos, proporcionando el nitrógeno, fósforo y potasio que eran tan necesarios para el suelo tropical. Nuevamente los hombres retrocedieron al círculo.

El Kacike Guabos levantó los brazos en alto, y los músicos dejaron de tocar abruptamente. En el silencio, mientras giraba lentamente para poder hablar cara a cara con todo su pueblo, dijo: "Muchas gracias a todos que contribuyeron al trabajo para crear este nuevo *konuko* y a los que trabajarán en el futuro para mantenerlo bien plantado, deshierbado, libre de plagas y regado cuando sea necesario. El cual alimentará a todas nuestras familias durante muchos años".

Se volvió a tocar su frente con la de Anani, luego volvió a girar hacia su gente, diciendo: "Vayan ahora y disfruten de la comida principal del día, dando gracias individuales a Yukahú por la generosidad que nos ha concedido".

Anani fue a casa con Jakuba y su familia después de la dedicación del nuevo *konuko*. Después de haber comido, estaba sentada en una estera a la sombra frente al *bohío* con el pequeño Deminán en el regazo, dormido. Una vez más, los niños mayores le rogaron por un cuento. Anani estaba contenta. Sus propios hermanos y hermanas habían escuchado estas historias de creación tantas veces que se aburrían con ellas.

"Hmmm", mumuró Anani, tratando de decidir un cuento. "¿Qué tal otro cuento sobre Deminán Karakarakol"?

"*Jan-jan*", gritaron los niños mientras se sentaban a sus pies.

Recostando su espalda en unos de los postes del *bohío*, Anani empezó: "Este cuento pasó hace mucho, mucho tiempo, cuando el mundo no era el mundo que conocemos hoy, porque todos los animales y personas aún no se habían formado completamente en la época de Deminán Karakarakol. Esta historia dice del día en cuando Deminán y sus tres hermanos gemelos vieron a un anciano llamado Bayamanako entrando en su *bohío* con los brazos llenos de *kasabe*. Teniendo hambre, hicieron que Deminán fuera a pedir un *chin* de *kasabe* al anciano. Entró en el *bohío* del anciano y le preguntó cortésmente, pero en lugar de darle *kasabe*, Bayamanako se llevó la mano a la nariz y le echó un gran *guanguayo* (una pizca de moco) que arrojó a la espalda de Deminán al momento que salía por la puerta. Enojado con el anciano, Deminán se quejó con sus hermanos de lo rudo que había hecho Bayamanaco. Y dijo que le dolía la espalda. Sus hermanos vieron que la espalda de Deminán había empezado a hincharse. Creció y creció, y Deminán tenía más y más dolor. Sus hermanos sacaron sus cuchillos de piedra finamente afilados, pero no pudieron cortar la gran protuberancia que continuó hinchándose en la espalda de Deminán, así que uno de ellos cogió una hacha y la abrió. Para su gran

Ilustración por Dreamstime (con permiso).

sorpresa, ¡una tortuga hembra, grande y hermosa, salió de la joroba! Era tan hermosa que le construyeron un *bohío* y se comprometieron a cuidar de ella. Vivían allí juntos, y ella dio a luz muchos hijos e hijas concebidos con los cuatro hermanos gemelos".

Anani decidió visitar a su propia familia después de dejar el *bohío* de la familia de Akobo. Tres infantes habían nacido en su familia durante el año en que estaba ausente en Xaraguá, y mientras Kayabó estaba en el viaje comercial de la familia a la Tierra de los Maya. Al acercarse, tres de sus cuatro madres estaban sentadas en esteras a la sombra del *bohío*, limpiando *ektor* y pescado en preparación para la cena, mientras que Warishe, la más joven, cuidaba de su hijo recién nacido. Onay, la pequeña hermana de Anani, ahora con siete años de edad, llevaba en sus brazos a una de sus nuevas hermanitas y vigilaba a un hermano pequeño que gateaba rápidamente por el área. Onay actuó como si fuera la madre. Anani suspiró, recordando cómo una vez hizo lo mismo al cuidar a sus jóvenes hermanos y hermanas.

"¡Anani"!, gritó Warishe, "¡Ven y únete a nosotros!"

Se arrodilló sobre una estera frente a sus madres, y se inclinó para tocar las frentes con cada una de ellas. Luego recogió unos peces y un raspador hecho de concha, y comenzó a rasparlos. "¿Dónde están los otros niños"?, les preguntó.

"Algunos están recolectando leña y agua", dijo Kamagüeya, "y otros están jugando".

"Yari e Imonex están tratando de atrapar a más cotorras para domar", dijo Bánika con una sonrisa. "Son como las aves ellos mismos, siempre volando a hacer algo para demostrar que pronto llegarán a la edad adulta".

"Los demás están jugando en algún lugar cercano", dijo Naneke. "Volverán a casa cuando huelan a los peces cocinando... ¿Quieres quedarte a comer con nosotros también, Anani"?

Ella aceptó la invitación y siguió ayudando a sus madres en la preparación de la comida.

Poco después, llegaron sus tres padres, Kayabó y el resto de sus hermanos y hermanas, mientras el olor de los pescados que asan a la parrilla y el guisado del maíz los trajeron a casa. Todos en su familia la trataban a Anani con mucho amor y alegría.

Anani sabía que estaban tratando de hacerla sentir como si nunca hubiera crecida y saliera de casa para convertirse en *behika* de Kaleta. Ella suspiró, pensando en cómo todas sus hermanas seguirían viviendo aquí en este *bohío* juntas y eventualmente iban a criar bebés juntas, pero ella siempre viviría separada.

Más tarde, a medida que Anani caminaba hacia su propio *bohío*, volvió a pensar en la fertilidad de su gente y la tierra que los rodeaba. La población de Kaleta crecía cada año, y la población de Xaraguá, porque era mucho más grande para empezar, crecía aún más rápidamente.

¿Cómo podría un pequeño grupo de *arijua* en algunos barcos, aunque fueran barcos muy grandes, ser una amenaza tan peligrosa para su pueblo y su cultura?

—EL FIN—

Glosario de palabras taínas, Cuentos de Creación

ají (ajies)—Chilis picantes que los taínos usaron en su comida a diaria.

ajiako—Una especie de guiso preparado con una amplia variedad de tubérculos indígenas y cualquier proteína disponible, condimentado con *ajíes* (chilis picantes) y el "vinagre" agridulce hecho del jugo cocido de la *yuka* amarga, que es extremadamente venenoso si no se procesa correctamente (los pueblos indígenas de América del Sur y América Central lo utilizan para envenenar las puntas de sus flechas). El *ajiako* todavía se come a diario en muchos pueblos indígenas de Venezuela y Colombia; y es el "abuelo" del delicioso y favorito guiso de la cocina dominicana llamado *sancocho* o *salcocho*, hecho con tubérculos, varios tipos de carne, plátanos y maíz, y sazonado con el jugo de la naranja ágria.

ananá—La palabra taína para "piña".

aón—Los perros amarillos y de tamaño mediano que acompañaron a los antepasados de los taínos en sus *kanoas* por la cadena de islas del Caribe desde la región de los ríos de las Amazónas y Orinoco, se llamaban *aón*; sus descendientes aún se encuentren tras toda la Isla Hispaniola hoy en día. Los españoles escribieron que eran mudos—que no podían ladrar—pero antropólogos no han encontrado ningún razón física por esto. Es más probable que desde cachorros, Los taínos les enseñaban no ladrar, como otros perros de los indígenas tras las Américas. Así ellos no asustan a la presa de los cazadores ni indican a sus enemigos donde vive su gente.

arijua—La palabra taína para "desconocidos".

auyama—Una gran calabaza de invierno (nombre científico es Cucurbita moschata), todavía se cultiva *auyama* y se come en el Caribe Hispano y otras partes de la América hispánica. Se llama "ayote" en América Central, "abóbora" en Brasil y "zapallo" en la mayor parte de América del Sur.

behike/behika—Así como el cielo tiene el sol y la luna, los taínos tenían dos líderes igualmente importantes, el *behike* y el *kacike*. El *behike* era el líder religioso del pueblo que hacía las veces de curandero, maestro, artista principal y árbitro en el juego de la pelota (que era muy importante para los taínos) llamado *batey*. El *batey* era tanto un rito religioso como un deporte, y además servía como el tribunal taíno, para dirimir contiendas. Sin embargo, el *behike* realizaba la mayoría de sus rituales dentro de las cuevas que los taínos consideraban sagradas, y que eran vistas como portales donde los representantes del mundo físico de los seres humanos y del mundo de los espíritus podían reunirse y negociar acuerdos de beneficio mutuo.

Esta negociación con el mundo de los espíritus era considerada como una responsabilidad complicada y peligrosa para el *behike*.

bibí—La palabra taína para "madre" es *bibí*. A excepción del *kacike,* que vivía con todas sus esposas (¡hasta 30 a veces!) y sus hijos, los taínos vivían con sus madres y todos sus hermanos y hermanas, además de todos los niños de sus hermanas. Las hermanas compartían por igual la responsabilidad de cuidar a todos sus hijos, y sus hermanos compartían igualmente la responsabilidad de *baba* (padre), y proveyeron para todos los niños de todas sus hermanas. Las esposas de los hermanos vivían con sus proprias madres y sus hermanos y hermanas, además de todos los hijos de sus hermanas. Este sistema era una excelente manera de proteger y cuidar a los niños, porque si una madre o un padre moría, había otros para continuar criando a los niños.

bohío—Casa taína común que tenía un alto poste de madera en el centro y varios postes laterales, con paredes tejidas y un techo en forma de cono. En el interior había "tapices" tejidos de yerba natural de muchos colores, *higüeras* para guardar objetos de uso doméstico y *hamakas* para dormir por la noche. En los meses más fríos y en las montañas, una fogata en una especie de hogar redondo de piedra mantenía a todos calientes mientras el humo salía por un agujero central en el techo.

cemí—Ésta es una palabra difícil de definir porque se refiere al mismo tiempo al espíritu o esencia de una persona fallecida, al espíritu o esencia de una de las figuras fundadoras del mundo taíno (que son lo que llamaríamos figuras míticas), a espíritus de la naturaleza, como los huracanes y el mar, y a los objetos físicos y a los símbolos que los representan en pinturas, tatuajes, piedras talladas, cestas tejidas y todo tipo de esculturas. Hay que tener en cuenta que, al igual que los cristianos no adoran directamente la cruz o el crucifijo sino lo que la cruz y el crucifijo representan, del mismo modo los taínos no adoraban los símbolos o esculturas de sus *cemís*, sino lo que representaban.

chin—La palabra taína para "poco/poquito".

dujo—Un pequeño taburete para uso de los *kacikes* y *behikes* que era usualmente tallado en madera, a pesar de que se han encontrado algunos tallados en piedra. Los diseños de los *dujos* eran a menudo muy elaborados, y se cree que las caras y los símbolos tallados en ellos intentaban mostrar que la persona sentada allí no estaba sola, sino que estaba siempre acompañada por sus guías espirituales. Los *dujos* con los respaldos más altos eran utilizados para apoyar la cabeza de la persona sentada allí mientras inhalaba el polvo del ritual llamado *kojoba,* que ponía a la persona en un trance breve en el que podía comunicarse más fácilmente con sus espíritus guías.

ektor—La palabra taína para "maíz".

fotuto—Una trompeta de concha. También llamado *guamo*.

guanguayo—Un trozo de escupir.

guayakán—Objetos tallados en esta madera que es extremadamente dura y densa, fueron muy valorados en la sociedad taína y como bienes comerciales en toda la región Circum-Caribe. Su nombre científico es Lignum vitae, que literalmente significa "madera de la vida". Los españoles de la Era de la Conquista en el Caribe lo llaman "palo santo" porque un té hecho de él podría curar la tos y dolor de garganta, así como el dolor artrítico, y se creía que era una cura milagrosa para la sífilis.

güey—La palabra taína para "el sol".

güira—Un instrumento rítmico a menudo llamado "raspador". Los taínos las fabricaran de *higüeras* secas y huecas, con líneas incisas. La mayoría de las *güiras* de hoy en día son de aluminio.

hamaka—Palabra taína que ha pasado directamente al español y al inglés como "hammock".

higüera—La palabra taína para "calabaza".

intirí—La palabra taína para "el ave carpintero", una ave que aparece en muchos de los cuentos taínos de la creación.

jan-jan—La palabra taína para "sí".

kacike—Igual que como en el cielo hay un sol y una luna, los taínos tenían dos líderes igualmente importantes, el *behike* y el *kacike*. El equivalente más cercano en español de *kacike* es "jefe". Los *kacikes* estaban encargados de decidir cuándo sembrar, cuándo cazar o pescar, cuándo cosechar y cómo dividir los cultivos entre su pueblo. Vivían en una casa rectangular (y por eso especial) que llamaban *kaney*, con una galería cubierta. Vivian con sus esposas (¡a veces hasta 30!) y sus hijos. El *kaney* del *kacike* daba a la plaza principal del pueblo, y los *bohíos* (las casas redondas más comunes) de los otros habitantes eran construidos alrededor de él. Las familias más estrechamente relacionadas al *kacike* construían sus *bohíos* en torno al *kaney* del *kacike*, mientras los *bohíos* de los que no eran familiares cercanos estaban más lejos. Los *kacikes* tenían ciertos tipos especiales de alimentos reservados para ellos, llevaban ropa elaborada durante eventos ceremoniales y eran enterrados con objetos preciosos para que se los llevaran con ellos a *Koaibey*, el cielo taíno.

karakarakol—Esto es lo que los taínos llamaron a los niños, hombres y mujeres que tenían psoriasis crónica, que convertió su piel y manos ásperas y escamosas. Incluso hoy en día es difícil controlar esta enfermedad, que aparentemente es causada por un sistema inmunológico hiperactivo.

karaya—La palabra taína para "la luna".

kasabe—El "pan" de los taínos, se parece más a lo que llamamos una galleta, para que esté crujiente. Hecho de *yuka* amarga rallada, que es venenosa a menos que todo el *veicoisi* (líquido) es expulsado antes de cocinarla, pero contiene una gran cantidad de calorías y es muy nutritivo. Además, una vez cocido y secado al sol, el *kasabe* se puede ser almacenado por más de un año sin ir rancio, mohoso, o atraer gusanos u otros insectos.

koa—Los taínos usaron un palo afilado, endurecido por el fuego, como una azada llamada *"koa"*.

kojíba—Palabra taína para lo que llamamos "tabaco". Parece que los taínos no podían imaginar que cualquier persona no sería familiar con *kojíba*, porque ellos utilizaron la hierba en muchas formas para la sanación, para relajarse, y en una amplia variedad de ceremonias religiosas. Así que cuando los españoles preguntaron de cómo se llamaba, los taínos pensaron que los españoles se preguntaban sobre el tubo de inhalación utilizado para la versión en polvo, que es un "tabaco". Los españoles, sin embargo, pensaban que "tabaco" significaba la hierba, y la palabra se quedó pegada a la hierba tanto en español como en el inglés.

konuko—Huertos taínos muy distintos a los huertos de tala y quema de la mayor parte de los pueblos indígenas de América del Sur. Un *konuko* era una serie de montículos de tierra de alrededor de 6 pies de diámetro y que llegaban como hasta la rodilla, y donde todos los cultivos se sembraban juntos: el maíz y la *yuka,* que proporcionaban la oportunidad para trepar a las habichuelas, además de *ajíes* (chiles picantes), maní, y una especie de calabaza llamada *auyama,* cuyas grandes hojas daban sombra e impedían que crecieran las malas hierbas. Lo más importante era que el montículo de tierra suelta ayudaba a mantener las raíces de las plantas sin que se pudrieran. En las regiones áridas, los taínos construían canales de riego para mantener sus *konukos.*

maní—La palabra taína para "cacahuete" pasó directamente al español en el Caribe Hispánico.

maraka—Sonajero taíno. Había dos tipos muy diferentes: *marakas* del músico, que normalmente se tocaban sacudiéndolas dos en dos y fueron hechos ahuecados de higüeras secas, con asas conectadas, y llena de semillas o piedras; y la *maraka* del *behike* o *behika* que estaba hecho de una rama de un árbol que estaba muy cuidadosamente vaciada, dejando una bola de madera (el "corazón" de la rama) en el interior que hace un sonido de "clac, clac" cuando se mantiene en una mano y la golpea contra la palma de la otra.

mayoakán—El tambor taíno, elaborado de un tronco de un árbol hueco, con la forma de una "H" arriba, que se toca con dos palos. Aunque los taínos tuvieron otros instrumentos musicales, ese era el principal.

taigüey—Literalmente quiere decir "buen sol" y es la forma de decir "hola" o "buenos días" en taíno.

turey—La palabra taína para "el cielo".

yuka—Hoy en día, la yuca (que es como se escribe en español) es la más popular de todos los tubérculos taínos. En la época precolombina había muchas variedades de *yuka*, varias de las cuales han desaparecido en la actualidad. *Yuka* amarga todavía se utiliza para hacer casabe hoy, pero *yuka* dulce, que no es venenosa, es pelada, hervida, y se come a menudo con cebolla salteada. ¡Deliciosa!

yukayeke—Sobre la base de la palabra *"yuka"*, que era el carbohidrato principal de los taínos, esta es su palabra para una zona residencial de los taínos— como nuestra palabra "pueblo" o "ciudad"—algunos de los cuales llevó a cabo más de 10,000 residentes.

Lynne A. Guitar, Ph.D.

MUESTRA DEL OCTAVO LIBRO:
De Niños a Hombres
Serie "Taíno Ni Rahú", Libro 8 de 10
Antecedentes históricos

Los dos personajes principales de la serie son los taínos Kayabó y Anani, un hermano y hermana. Kayabó tiene 16 años y Anani 14 en esta parte de la historia, que ocurre de julio a octubre de 1492. Kayabó y Anani viven en Kaleta (Kah-láy-tah), un pueblo taíno de pescadores en la costa caribeña, justo al este de la actual Santo Domingo. Kayabó está ocupado ayudando a entrenar a sus dos hermanos menores, Yari e Imonex, en todo lo que tienen que saber y ser capaces de hacer antes de que puedan ser considerados hombres. Descubrimos como los taínos aprovecharon de la tecnología de la naturaleza. Este libro también cubre las ceremonias de la cosecha y su juego de pelota que se llama *batey*…. Nota que el 12 de octubre de 1492, Cristóbal Colón y sus tres barcos hicieron su primer desembarco en las Américas en las Bahamas, en una isla que los taínos llamaron Guanahaní, pero Colón la bautizó con el nombre de San Salvador. Iban a desembarcarán en la costa del noroeste de la Hispaniola menos de dos meses más tarde, en el día 5 de diciembre.

Lynne A. Guitar, Ph.D.

De Niños a Hombres

Lynne Guitar, Ph.D.

¿Realmente han pasado casi cuatro años, pensó Kayabó, desde que realizó su última tarea en su transición de niño a un hombre, cuando había capturado todos los *setí* (peces pequeños) y vio por primera vez la *karey* (tortuga verde) que era la reencarnación de su abuelo en la boca de este mismo río? Desde entonces, él y su hermana Anani habían salvado a la gente de Kaleta de una sequía severa cuando encontraron la cueva perdida con el lago subterráneo de agua dulce que ahora se llamaba Cueva Ni Rahú—Cueva de los Niños del Agua. También había hecho un largo viaje comercial con varios de sus familiares a la Tierra de los Maya y, hace casi dos años, había organizado el traslado a la seguridad de unas cuevas de los habitantes de Kaleta y los de Xaraguá, cuando Guabancex, el Espíritu del Hurakán los amenazó con la muerte y destrucción. También se había vinculado con Yajima hace casi dos años, quien le dio a luz una hija, Tamasa, hace

111

15 lunas y estaba embarazada de nuevo con su segundo hijo.

Allí estaba en la misma pequeña bahía donde había capturado los *setí*. En lugar de estar solo, estaba con dos de sus hermanos menores, Yari e Imonex, que estaban en el proceso y búsqueda de convertirse en hombres, y con sus tres padres— Bamo, Hayatí y Marakay. Hoy enseñarían a los muchachos cómo capturar grandes peces y tortugas con *buaikán* (rémoras).

"Mira", dijo Kayabó, colocando la mano derecha por encima de la gran olla de barro que estaba llena de agua de mar, ubicada en el suelo de la *kanoa*. Escogiendo el momento justo, agarró uno de los cuatro *buaikán*, cada uno de los cuales era tan largo como su brazo, desde los dedos de su mano a su codo, sujetándolo justo delante de su aleta dorsal trasera.

Los dos muchachos se inclinaron hacia él, deseosos de examinar la ventosa del pez.

"Mira", dijo Kayabó, señalando la larga ventosa en forma de óvulo sobre la cabeza del pez. "Con esto, sólo un *buaikán* puede pegarse tan firmemente a una tortuga o a un pez de tamaño mediano, y así se pueden arrastrar a los dos a la superficie juntos. Usando cuatro *buaikán* a la vez, ¡podríamos sacar un tiburón grande"!

"¿Dónde atas la *kabuyá* (cuerda fuerte)"?, preguntó Imonex.

"Aquí, entre su cuerpo y su cola", dijo Kayabó señalando con un dedo. Sacó una larga pieza de *kabuyá* de una canasta que estaba junto al recipiente de cerámica y se la entregó a Imonex. "Adelante. Átala, firmemente, pero no tan fuerte que hagas daño al pez". Cuando Imonex lo hizo, Kayabó probó el nudo, asintió con aprobación y luego volvió a colocar el *buaikán* en la olla. Rápidamente enroscó la *kabuyá* que colgaba del lado de la olla, colocándola en el suelo de la *kanoa*.

Marakay, que estaba sentado junto a Kayabó, puso su mano en el hombro de Imonex y dijo: "Bien hecho. Ahora ustedes dos deben coger el resto del *buaikán* y amarrar la *kabuyá* a sus colas también, pero quédense muy callados mientras remamos alrededor de los arrecifes de coral, buscando peces grandes".

"¿Cómo podemos saber dónde están"?, preguntó Yari. "Aquí el agua es superficial y clara, pero no podemos ver en el agua profunda donde están los peces grandes".

Marakay sonrió cuando Hayatí, el más joven de sus padres, entro sigilosamente en el agua, del lado derecho de la *kanoa*.

"Hayatí los encontrará", dijo con confianza. "Con su cara en el agua, puede ver todo hasta el fondo... y puede contener su respiración más tiempo que cualquier otro en Kaleta", agregó con orgullo.

Lynne A. Guitar, Ph.D.

De Niños a Hombres
está disponible ahora en Amazon.com

SOBRE LA AUTORA

Lynne Guitar volvió a la universidad como una estudiante de segundo año con 42 años de edad en la Universidad del Estado de Michigan, graduándose con dos Licenciaturas en Letras, una en Antropología Cultural y otra en la Historia de América Latina. Le otorgaron una beca para la Universidad de Vanderbilt, donde ella ganó su M.A. (Maestría en Artes)y Ph.D. (Doctorado) en la Historia de Latinoamérica Colonial. Otras becas para estudiantes de posgrado le permitieron estudiar en diferentes archivos históricos de España durante medio año; también se le otorgó en 1997-98 una Beca Fulbright de un año para completar los estudios para su doctorado en la República Dominicana en 1997-98. Allí permaneció por 18 años adicionales.

De hecho, Lynne visitó la República Dominicana tres veces: la primera vez por 10 días en 1984, cuando se quedó fascinada por los indios taínos; la segunda vez durante cuatro meses en 1992 como estudiante de pregrado en el extranjero; y la tercera vez, como ya se mencionó, durante 19 años, incluyendo un año para completar la investigación y redacción de su tesis doctoral, *Génesis Cultural: Relaciones entre africanos, indios y españoles en la Hispaniola rural, primera mitad del siglo XVI.* Trabajó en la Guácara Taína durante dos años, era profesora en una escuela secundaria bilingüe en Santo Domingo durante cinco años y en 2004, se convirtió en Directora Residente del CIEE, el Consejo de Intercambio Educativo Internacional, en Santiago, donde dirigió programas de estudios en el extranjero para estudiantes norteamericanos en la universidad principal de la República Dominicana (Pontificia Universidad Católica Madre y Maestra) hasta su retiro en diciembre de 2015. Ahora reside con dos de sus cuatro hermanas en Crossville, Tennessee.

Lynne ha escrito muchos artículos y capítulos para varias revistas y libros de historia, y ha protagonizado más de una

Lynne A. Guitar, Ph.D.

docena de documentales sobre la República Dominicana y los pueblos indígenas del Caribe, incluyendo documentales para la BBC, History Channel y Discovery Channel. Su deseo siempre fue escribir ficción histórica. Lynne sustenta que se puede enseñar a mucha más gente con ficción histórica que con ensayos históricos profesionales. Estos son sus primeros libros de ficción histórica que se publican.

Made in the USA
Middletown, DE
28 September 2020